Opal
オパール文庫

しあわせ幼馴染み婚
策士な小説家のみだらな本音

東 万里央

プランタン出版

※本作品の内容はすべてフィクションです。

第一章　大和君の婚約者

亜芽里《あめり》の金曜日は花市場に出かけ、新鮮な花を競り落とすところから始まる。

年配の男性に交じって大量の花を仕入れたのちに、二トントラックに積み込み実家の経営する生花店、フラワーショップクレイまで運転する。その後店舗裏側の巨大なシンクのある水場に回り、父か母、時にはアルバイトの女子大生と仕入れた花の水揚げをすることになる。今日はアルバイトとの作業だった。

水揚げとは競りの現場や輸送で弱った花に水を吸わせ、生き生きとした状態にするために行う作業だ。花の種や品種によって切り戻し、水切り、湯上げ、斜め切り、枝割り、枝折り、潰しに砕き、焼き入れ、深水、逆水、延命剤などがあるが、基本的には切り戻しで十分で、茎の最下部を一から五センチ切り落とす。

これを何百本もの仕入れた花に施し、開店前に店に並べなければならないので、とにかくスピードが必要だった。余分な葉を落とし茎の根元を斜めにカットする。その後綺麗な水に入れると、花全体がシャキンと勢いを取り戻すのだ。

単純な作業だが亜芽里はこの水揚げが好きだった。小学生の頃から手伝っていたので、慣れているのもあるだろうが、花が美しさを取り戻すその瞬間が好きなのだ。

外側が朱赤で内側がアプリコットオレンジという、リバーシブルカラーの薔薇、チェリーブランデー。大輪の高雅な白い花を咲かせる百合、シベリア。淡いワインレッドが大人の雰囲気のカーネーション、バイパーワイン。

亜芽里はどんどん根を切り落としていったが、途中モンテカルロ——黄色のチューリップを目にして手が止まった。

「亜芽里さん、どうしました？」

アルバイトの女子大生、須賀《すが》に声をかけられ我に返る。

「ううん、なんでもないわ。須賀ちゃん、早く終わらせようね」

モンテカルロは黄色が鮮やかな八重咲きのチューリップだ。切り花でも鉢植えでも見栄えがし、市場には十二月から三月にかけて出回る。亜芽里が大好きなチューリップの品種の一つであり、毎年入荷されるのを楽しみにしていた。

ところが、今年はモンテカルロの黄色を見てもどうも心が華やがない。

ふと黄色いチューリップの花言葉を思い出した。

――……望みのない恋だったっけ。

今日も花市場で顔を合わせた一人の男性の顔が脳裏に浮かぶ。その左手薬指には銀色に光る結婚指輪が嵌められていた。

――もう、私ったら何を考えているの。

首を軽く横に振り水揚げに戻る。その後は無心で作業を続け、なんとか開店までこぎ着けた。

亜芽里の実家呉井《くれい》家は東京の下町の一角で、生花店フラワーショップクレイ本店を経営している。亜芽里は元から花が好きだったのもあって、短大卒業後その手伝いをしてきた。

初めは得意の花束作りやフラワーアレンジメント、接客と販売が担当だったのだが、二年前から仕入れも担当している。両親が都内に支店の二号店を構え、そちらが忙しくなったので、落ち着くまではと店長代理を任されたからだ。

近頃は亜芽里の花選びとフラワーアレンジメントのセンスが受けたのか、これまでの顧客だった両親の知人、友人や業者に加え、地元でカフェや雑貨店を開業したばかりの若者も利用するようになっている。

今日の朝一番に店を訪れた男性客もそんな若者の一人だった。

「こちらがご予約のお品物になります」

「うわあ、トライアルのつもりだったんだけど、いいねえ」

男性が声を上げてカウンターに置かれた花をまじまじと見つめる。男性の持ち込んだモダンな土器の花瓶に、落ち着きのあるピンクを基調にした花が生けられていた。

「シンプルで可愛くって、うちの店にぴったりのイメージ」

この男性は美容師で、つい先日フラワーショップクレイと同じ通りにヘアサロンをオープンした。そこに飾る花をオーダーしていたのだ。

「男なのにピンクが好きってどうかと思うんだけど……」

亜芽里は「ピンクを好きな方は男女問わず多いですよ」とフォローを入れた。

「やっぱりほっとする色だからでしょうか」

「そうそう。ほっとするんだよね。だから俺、店もピンクをベースにしちゃって。あっ、支払いはカードでもいい？　というか、これからも月曜の週一で継続して頼みたいんだけど」

「では、来週からお店のイメージに合ったフラワーアレンジメントをお届けしましょうか？　お支払い方法も振り込みが可能になりますけど」

「うん、そうしてくれるとありがたいな」

男性は坊主に近い金髪にチョビ髭を生やしており、服装も黒づくめで一見近付きにくい。だが、カードを受け取った瞬間手が触れ合い、男性の思考が流れ込んできた。

（いい店だな。店も店員の子も雰囲気がいい。俺もこんな風に入りやすくてふわっとした店にしたいな。この子がエプロンを脱いですぐ、気軽に来られるような……）

優しく、温かく、希望に満ちた心の声だった。

——きっとこの人のお店は繁盛するわ。

花を手渡し自動ドアの間近まで見送る。男性は花を車に積み込むと、運転席から笑顔で亜芽里を見上げた。

「亜芽里ちゃんだっけ？　君も髪切る時はうちで頼むね！」

「はい、ぜひ」

週末にはホワイトデーがあり、プレゼント用の花を求めるからか、その後も続々と客が来店し、はっと気が付くともう一時半になっていた。

——そろそろお昼にしようかな。

フラワーショップクレイは両親と暮らす自宅の一軒家から三分の距離にある。節約のためにもと昼食を取りに戻ろうとして、馴染みのある深い響きの声に名前を呼ばれた。

「亜芽里、いるか？」

「えっ、大和《やまと》君？」

自動ドアが開き長身痩軀の男性が店内に足を踏み入れる。男性は亜芽里を見つけすぐにカウンターの前に立った。亜芽里とは頭一つ分以上の身長差がある。頭は小さく、足が長い。腰の位置が高いからか、スタイルのよさが際立っていた。

「元気だった？」

切れ長の目が細められる。チョコレート色の瞳の知的な印象の端整な顔立ちだった。スクエア型の黒縁眼鏡をかけており、モダンで洗練された雰囲気がある。整えられた眉と通った鼻、薄い唇は古き良き時代の育ちのいい文学青年を思わせた。スタンドカラーのシャツに着物を羽織り、袴を穿く書生スタイルが似合いそうだ。

ラフな髪型だがだらしない印象はない。グレーのジャケットに黒いTシャツ、ジーンズとカジュアルだが上品にまとめているからだろう。

亜芽里は「うん、元気、元気」と微笑んだ。

「久しぶりだね。同じ都内なのに」

「父さんと母さんがたまには帰れってうるさくてさ。最近やっと仕事が一段落付いたから」

「校了したの？」

「うん」

亜芽里は「あっ、そうだ」と声を上げた。エプロンのポケットからスマホを取り出し、電子書籍の画面を開いてみせる。

「昨日から大和君の新作読んでいるよ！　ほら、民俗学者の先生が主人公のシリーズの」

男性は途端に決まりが悪そうな顔になった。

「いまだに亜芽里に読まれていると思うとなんだか照れるな」

「もう、今更何言っているの。私は中学生の頃から大和君の読者じゃない」

この文学青年風の美青年――源《みなもと》大和と亜芽里は実に生まれて以来、二十五年に亘る付き合いである。

実家が隣同士だったということもあって、お互いの両親は二人が赤ん坊の頃から顔見知り。大和が遅生まれ、亜芽里が早生まれで約一歳の年齢差はあるものの、幼稚園、小学校、中学校までは学校もクラスも同じだった。二人とも一人っ子だったからか、兄妹のように仲がよい幼馴染みだった。

しかし、高校からは進学校に女子校と進路が分かれ、それぞれが男性らしく、女性らしくなるごとに会う機会がガクッと減った。

それでも、時々食事くらいはしていたのだが、大学時代に大和が本名でミステリー小説の大型新人賞を受賞。瞬く間にベストセラー作家となり、数年前高級住宅街のマンションに引っ越して以来、ＬＩＮＥでのやりとりがメインになっていた。

大和は苦笑しつつ亜芽里を見下ろした。

「亜芽里、今暇か？」

「そろそろお昼にしようと思っていたところ。一時間くらいなら大丈夫だよ」

「じゃ、メシに行かないか。奢るからさ」

「ほんと？　ありがとう！　じゃあ、木曜軒《もくようけん》のオムライスがいいな」

「チョコレートパフェもだろ？」

「えっ、いいの？」

木曜軒はこの下町にある昔ながらの洋食店だ。幼い頃には家族ぐるみで、高校生からは大和と二人でも時々通った。

「ああ、なんだったらクリームソーダも」

「太っ腹だね」

亜芽里は店内の掃除をしていた須賀に声をかけた。エプロンを外しカウンター下の戸棚に入れる。作業で汚れたジーンズに白シャツのカジュアルなスタイルだったが、まったく気にならなかった。

「須賀ちゃん、私休憩もらうね」

「あっ、はい。どうぞ」

「じゃあ、俺外で待っているから」

須賀は大和が店の外に出るのを見送ってから、興奮した面持ちで亜芽里ににじり寄った。

「亜～芽～里～さ～ん」

スマホの画面を突き付けられ何事かと目を瞬かせる。先日発行された女性週刊誌の電子書籍版が表示されていた。

「あっ、これ、大和君だ」

有名脚本家と大和が対談している。かしこまった表情に笑ってしまった。

──昔の大和君みたい。中学時代、いつもこんな顔だったよね。

須賀が「大和君だ、じゃありませんよ！」と騒ぐ。

「源大和がどうしてこんなところに来るんですか⁉」

「どうしてって……私たち幼馴染みだから」

「おっ、幼馴染み⁉　な、なんていいポジション……。で、どんな関係なんですか⁉」

「だから、幼馴染み。二十五年も一緒だともう兄妹みたいなものね。須賀ちゃんが期待しているようなことはなんにもないよ」

「……」

亜芽里の言葉に嘘がないのを感じ取ったのだろう。「私なら絶対にこの機会を逃さないのに……」と唸っている。

亜芽里はこれはまずいと先手を打った。

「須賀ちゃん、ごめん。大和君の紹介はできないよ？」

「えぇっ⁉　どうしてですか⁉」

「大和君そういうの嫌がっていて。有名になってから苦労したのよ。会ったこともない親戚やら友人やらから連絡が来たり」

「あ～、ありそうですね～……」

須賀はがっくりと肩を落としモップがけを再開した。

「はいはい、わかりました。仲良くどうぞ」

「ごめんね！」

パーカーを羽織ってから自動ドアを潜り、待っていた大和とごく自然に肩を並べる。

「行こっか」

「ああ」

木曜軒までは徒歩五分。その間、お喋りしながら下町の景色を楽しむ。久々に会ったので話したいことがたくさんあった。

「この辺の景色ってあんまり変わらないな」

「そうだね。あっ、でも、あそこの富田《とみた》酒店《さかてん》は息子さんに代替わりで店舗をリニューアルして、リカーショップ富田に変わったよ」

「おっ、確かに。隣のレストランは前なかったよな？」

「うん。土地を買い取って、富田のお酒を使ったダイニングバーにしたんだって。京都《きょうと》の料亭に板前の修業に出ていた弟さんが帰ってきたから」

「なるほど、兄弟で商売しているわけだ」

木曜軒は昭和四十六年の創業で、レンガ造り風の壁がレトロな雰囲気だ。使い込んだシヨーケースには古びた食品サンプルが並べられている。ナポリタンスパゲティにハンバーグ定食、エビピラフとカラフルで、子どもの頃は見ているだけでも楽しかった。店の前にはミニ黒板が立てかけられ、本日のランチメニューが書かれている。

カランカランとベルを鳴らしてドアを開けると、もうランチのラストオーダーが近いからか空席が半分。二人で来た際のいつものテーブル席に腰を下ろした。オーダーを取りに来た経営者兼シェフの妻、美千代《みちよ》がぱっと顔を輝かせる。

「あらあら、大和君じゃないの。帰ってきたの？」

「一時的にですが……」

「今日はやっぱりシーフードカレーセット？　で、亜芽里ちゃんはオムライスセット？」

「はい、お願いします。亜芽里、飲み物は何にする？」

「紅茶。大和君はコーヒー？」

「うん。で、食後に二人ともチョコレートパフェで」

美千代が立ち去るのを見送り、目を合わせて笑い合った。

「私たちのこのメニュー、もうずっと決まっているよね」

「やっぱり木曜軒はこれだってなるんだよな」

昔話をネタに盛り上がる。

――大和君が来てくれて助かったな。

そうでなければ失恋を思い出し落ち込んでいただろう。

その後とりとめもなく雑談をしていたのだが、途中、大和がふと「そういえば」と話題を変えた。

「前、気になる奴がいるって言っていただろう。……あいつとはどうなった？」

「ああ、鈴木《すずき》さんのことね」

せっかく忘れていたのにと苦笑する。

「どうなるとかそんなのじゃなくて、私の片思いだったから」

鈴木は同じく都内で生花店を営む三十歳の男性だ。亜芽里がまだ競りに慣れていない頃に市場で知り合った。父が同行していなかった時には、代わって先輩として丁寧にノウハウを教えてくれたものだ。

「鈴木さん、先月結婚してね。だから、もう告白するとかそういう段階じゃなくて」

一度食事に誘ってみようと覚悟を決め、その日勇気を出して口を開く前に、「俺、結婚したんだ」と笑顔で報告されたのだ。「おめでとうございます」以外に何も言えなかった。

「そうか……。鈴木ってそいつはどんな奴だったんだ？」

大和に問われ首を傾げる。

「そうだね……。親切で優しい人だったよ」

鈴木は表裏のない性格で、老若男女誰に対しても親切だった。だからこそ、亜芽里も期待してしまった。

　大和はなぜか複雑そうな表情になっている。

「親切で優しいか……。それ以外のスペックは？」

　亜芽里はスペックと尋ねられ目を瞬かせた。

「えーっと……スペックって……」

「外見とか職業とか。年収だって大事だろ」

「職業は私と同じ花屋さん。外見は普通だよ。年収は……さすがに知らないけど、私よりは多いんじゃないかな？」

　顔もスタイルもこれといって特筆すべきところはなかった。

「でもね、すごく笑顔が優しかったんだよね。それに、表裏がなくて真っ直ぐな人で」

　大和の表情がふと曇った。

「……表裏がないか」

「――はい、先に飲み物とサラダね」

　美千代の声と目の前に置かれたコーヒーと紅茶、サラダに思考を中断される。その後紅茶に角砂糖とクリームを混ぜつつ「うん、そう」と苦笑した。

「私、いつもそこから好きになるから」

　亜芽里には物心付いた頃から人に触れると、考えていることがわかる不思議な力があった。

亜芽里にとっては心の声が聞こえるのは当然で、てっきり皆同じものだと思い込んでいた。幼稚園の頃ある事件がきっかけで、大和に指摘されるまで不思議にすら思わなかった。

その後大和に他言しない方がいいと助言され、インチキ超能力者扱いされるのも嫌なので、今になるまで何も聞こえていないように振る舞っている。つまり、亜芽里が接触テレパスだと知っているのは大和だけだった。

大和はコーヒーをブラックのまま一口飲んだ。

「……亜芽里ってほんと中身を見て男を好きになっているってことだな」

「う～ん、どうなんだろうね」

「亜芽里の年なら結婚も意識するだろうから、しっかり仕事をしているかとか、将来性があるかとか、金があるかとか、そういうところを見るんじゃないか」

大和に諭されると苦笑するしかない。

「でも、それは私の基準じゃないから。結婚は……まあご縁があればね」

いくらイケメン・高学歴・高収入・高身長でも、恋人になる、あるいは結婚するとなると、やはり人柄が決め手だと亜芽里は思う。そうしたある意味目に見える条件より面倒な能力のせいで、二十五年間彼氏ができたことはなかった。

大和のチョコレート色の瞳に濃い影が落ちる。

「……」

「大和君、どうしたの？」

大和はテーブルの上に手を組み、テーブル越しに真っ直ぐに亜芽里を見つめた。

「大和君？」

幼馴染みのいつにない視線の強さにドキリとする。

「実は、今日どうしても会いたかったのは、亜芽里に話したいことがあったからだ。実は俺、青木《あおき》賞の受賞が決まった」

「わあ、おめでとう」

青木賞は大衆性のある小説に贈られる権威ある文学賞だ。大和は以前執筆した日本とニューヨークの二ヶ国を舞台にしたミステリーが受賞したのだと語った。

「それで、来月新作の出版記念を兼ねた祝賀パーティがあって、パートナーを連れていくことになってさ。そのパートナーを亜芽里、君に頼みたいんだ。今俺誰とも付き合っていないから」

「えっ……？」

亜芽里の脳裏にパーティのイメージが浮かぶ。

邸宅なりホテルなりとにかく豪奢な会場で、スーツやドレスを身に纏った紳士淑女の面々が、ワイングラス片手に洗練された会話を楽しんでいるのだ。

はたと我が身を見下ろす。

化粧気のほとんどない平凡な顔立ちに、胸だけ大きなアンバランスなスタイル。水揚げ作業で荒れているだけではなく、花の棘《とげ》や葉で切り傷だらけの手――人気作家のパートナーになるなどありえなかった。

慄《おのの》いて首を小さく横に振る。

「ごめんね。ちょっと無理だよ」

「どうして？」

「だって、きっと高いホテルでするんでしょう？　高価なドレスなんて持っていないもの」

大和は「大丈夫」と微笑んだ。

「もちろん、ドレスやアクセサリーは俺が買うから。なんだったら和服でもいいし」

「大和君、話聞いていた？　私美人じゃないでしょう？」

大和は高校生になって以降、みるみる身長が伸びただけではなく、中学生までの陰キャオタク少年からイケメンへと成長した。現在は女性ファッション誌に掲載されるレベルだ。

そんな大和のパートナーに相応《ふさわ》しいとは思えなかった。

「連れていくならそれなりの人じゃないといけないでしょう？　私じゃあ……」

チョコレート色の瞳が甘く煌《きら》めく。

「……亜芽里はすごく可愛いよ。俺、髪とかすごく好きだけどな。栗色でふわふわしてて手触りがよさそうで……」

そんな大和の一世一代の褒め言葉も亜芽里の耳に入らなかった。

「それに私、そんな華やかな場所に慣れていないもの。大和君に恥掻かせちゃうし……ごめんね」

「どうしても駄目か？」

大和の困り顔に罪悪感が刺激されたが、「本当にごめんね」と頭を下げる。

「他の人に頼んでくれれば……。大和君ならいくらでもいるでしょう？」

大和は今が旬のイケメン人気作家なのだ。パートナーが見つからないとは思えなかった。立候補する美女が山ほどいるだろう。

ところが、大和は「いないんだよ」と溜め息を吐いた。

「皆もう彼氏がいるか既婚か、そうでなければ見返りをほしがる女が多くて。正直そんな女には頼みたくない」

「見返りって……」

亜芽里には想像もつかないが、いいものではないことだけはわかった。

――どうしよう。大和君がこんなに困っているのに。

大和がこの二十五年で亜芽里に何か頼んだことは数えるほどしかない。その大和が、双子の兄妹のように大切な大和が、困り顔で頼んでいるのだ。

「……わかった」

亜芽里は覚悟を決めて大和を見返した。

「でも、私、気の利いた会話なんてできないよ？　仕事と花の話くらいで」

「十分だよ。いつも俺が隣にいるから、その辺りは心配しなくていい」

大和は懐からスマホを取り出した。

「何しているの？」

「うん、服いるだろ。いいセレクトショップを知っているから、今から予約入れておく。大丈夫。俺も世話になったところで、店員も気さくで話しやすいからさ。それとも和服の方がいい？」

「う、ううん。洋服でいい！」

——だって、和服って何十万円もするんだよ？

背筋に冷や汗が流れる。

和服どころかセレクトショップに行ったこともなければ、服を買うのに予約がいるような店も知らない。生きている世界が違うことを思い知らされ、考え足らずだったかと今更少々後悔した。

あらためて目の前の大和を見つめる。

――大和君、大人になっちゃったなあ。落ち着いているところは変わっていないのに。外見は中学時代とは別人になっている。すっかり洗練された大人の男性になっていた。

――頬の線とか昔は丸かったのにな。今はすっかりシャープになって……。

無意識のうちに大和の輪郭を目で辿る。その最中に不意に大和が顔を上げ、目が合ったので慌ててしまった。

――私ったら何ジロジロ見ているの。

失恋したばかりだというのに、大和に見惚れるなど節操がない。きっと久々に会うからだと自分に言い聞かせ紅茶のカップに手を伸ばした。水面を見つめつつ自分を戒める。

――とにかく、一度引き受けたからにはちゃんとしないと。

まるで自信はないがパーティのマナーを勉強しなければと一人で頷く。

「私、華やかな場所での立ち居振る舞いなんて知らないんだけど、パーティ前に必要なところだけでも教えてくれない？　忙しいんだったら参考になる本なんかがあれば……」

「なら、来週から週一で帰ってくるから直に教えるよ。本より直接の方がわかりやすいだろう」

「ありがとう。助かった～」

昔よくしていたように大和の手を取ろうとする。ところが、大和はなぜかさっと手を引いてしまい、気まずそうに目を泳がせた。

「……？」

なぜ避けられたのかがわからず首を傾げる。

大和はまだ開けていなかったおしぼりの包みを破り、「話に夢中になって忘れていた」と手を拭いた。

「礼を言うのは俺の方だから、ありがとうなんて言わないでくれよ」

亜芽里はふと違和感を覚えた。

——そういえば、最近大和君の心の声を聞いていない。

最近どころか、もう何年も大和に触れていない。首を傾げる亜芽里を前に、大和はフォークを取りサラダを突いた。薄い唇の端に苦笑が浮かぶ。

「亜芽里って……優しいよな」

なぜか「……ごめんな」と謝る。

亜芽里はてっきりパートナーになるのを頼み込まれたことかと思い、「いいよ」と笑って自分もサラダを口に入れた。

——まあ、もう二人とも大人だもの。ベタベタする方がおかしいよね。

考えすぎだと気を取り直す。

「その代わり、今日はクリームソーダも奢ってね」

大和は苦笑したまま「もちろんだよ」と頷いた。

＊＊＊

——大和の新作出版記念を兼ねた青木賞受賞の祝賀会は、都内の星付きホテルで執り行われた。

バンケットルームはベージュを基調としており、インテリアはダークブラウンでまとめられ、上品で落ち着きのある雰囲気だ。

大和からはカジュアルな立食形式なので、そこまでかしこまる必要はないと説明された。とはいえ、亜芽里にとってはどんな形式だろうが、友人の結婚式以外では初めてのパーティである。

しかも、招待客は大和と付き合いのある出版社の関係者だけではない。青木賞の審査員や文壇の重鎮、ミステリー小説の大御所などそうそうたる顔ぶれなのだ。さすが大手の出版社、招待客の人選の質が高い。

唯一の救いはマスコミは入れないという点だろう。招待客らと顔を合わせるだけでも気が張るのに、インタビューされるなど冗談ではなかった。

そんな中で主役のパートナーである。生まれて初めての大舞台に亜芽里はカチンコチンになっていた。小学生の頃、学芸会の劇でなんの台詞もないキノコの役をやった時すら、口から心臓が飛び出しそうだったのにと背筋に冷や汗が流れる。

パーティ開始十五分前になっても緊張が解けなかった。

「亜芽里、大丈夫か?」

「……うん」

会場内に徐々に招待客らが集まる。男性が多く女性が三割ほどだ。老若を問わず皆洗練された服装だった。それに比べて私はと恥ずかしくなる。

――私、この服装でよかったのかな? ダサかったりしない?

大和が連れていってくれたセレクトショップで、店員に勧められたのは光沢のあるターコイズブルーのドレスだ。オフホワイトのボレロを羽織り、肩まである栗色のくせ毛はハーフアップに結い上げている。

大和に再び「大丈夫?」と声をかけられる。切れ長の目が細められ、口元に優しい微笑みが浮かんでいた。

「そのドレス、よく似合っているよ。そんなに可愛くなるなんて思わなかった」

大和は亜芽里の肩に手を置こうとしたが、途中で握り締めて手を引いた。

「……だから、自信を持っていい」

――大和君、気を遣ってくれているんだ。引き受けた以上私もしっかりしないと。

何気なく隣に立つ大和を見上げる。

「ありがとう、大和君も素敵だよ」

大和は大柄のチェックの入ったダークグレーのスーツにうっすら青味がかった白シャツ、シルバーのネクタイを締めていた。胸ポケットにはシャツと同色のハンカチを入れている。今日はコンタクトにしているのか眼鏡はかけておらず、髪は丁寧に整えており端整な顔立ちが引き立っていた。

――大和君、場慣れしているって感じ……。

実際、場慣れしているのだろう。

いくらその場しのぎの存在とはいえ、そんな作家のパートナーがドギマギし、臆している場合ではない。ヘマをすれば恥を掻くのは大和なのだ。手のひらに人の字を書き、呑み込もうとして名案を思い付く。

――そう。皆お客様と思えばいいじゃない。

接客する感覚だと自分に言い聞かせている間に開宴となり、司会者に促され大和がマイクを手に取った。

「この度は青木賞をいただいた上、パーティまで開催していただき、誠にありがとうございます」

招待客八十人を前にしても大和は堂々としている。中学時代内気だったのが嘘のようだった。大和が長年の幼馴染みではないように見え、なぜか悲しくなる。

――大和君、立派になったんだなあ……。遠くに行っちゃったみたい。

だが、そんな感傷も大和の次の一言に掻き消された。

「この名誉ある賞を受賞できましたのは、私一人の力ではございません。これまでに私を指導して育ててくださった皆様と、日々支えてくださった婚約者、呉井亜芽里さんのおかげと実感しております」

――えっ、婚約者？

突然自分の名前が出てきたからではない。婚約者だと紹介されて面食らった。

大和の切れ長の目が真っ直ぐに向けられる。その眼差しにドキリとするのと同時に、招待客らにも注目され目を瞬かせた。

――ええっ？

招待客らが好奇心に駆られた表情で耳打ちをし合う。

「ああ、あの女性が……」

「年内には結婚するって言っていたな」

「いい子そうじゃないか」

――皆、何を言っているの？

大和からは単なるパートナーだと聞いている。女性でありさえすればいいと。なのに、いつの間に婚約者になったのか。

亜芽里の戸惑いをよそに大和の挨拶は続く。

「今後とも、皆様の期待に沿えますよう、より一層執筆に邁進して参ります。引き続きご指導をよろしくお願い申し上げます」

終わりとともに会場内に一斉に拍手が響き渡る。

亜芽里も釣られて手を打ち鳴らしながらも、狐に摘まれた心境で首を傾げていた。

——さっき、確かに婚約者って言われたよね？　どういうこと？

やがて、出版社の社長による乾杯が終わると、大和が壇上から降り亜芽里のもとへとやって来た。

「亜芽里——」

亜芽里は大和に婚約者発言について問い質そうと、「ねえ、大和君」と肩を叩こうとしたが、その前に「おめでとう」と背後から声をかけられた。

六十代ほどの年配のカップルだった。二人ともシックで上品な和服姿で、柔らかい微笑みを浮かべている。

亜芽里は「初めまして」と丁寧に頭を下げた。

「初めまして。可愛いお嬢さんね。この方が源さんの婚約者って方？」

「あっ、いえ、その……」

この二人も亜芽里を婚約者だと勘違いしている。

この場限りのパートナーだと訂正しようとすると、大和がさり気なく間に入った。

「亜芽里、このお二人は尾道蔵人《おのみちくらと》先生と白井絹《しらいきぬ》先生」

「えっ」

二人とも人気ミステリー作家であり夫婦だということでも有名だ。亜芽里が「呉井亜芽里と申します」と再び頭を下げると、白井が「あら、素敵な名前ね」と褒めてくれた。

「どんな由来なのか聞いていいかしら？」

「両親の新婚旅行先がパリだったんですが、すっかり気に入ったらしくて……。娘が生まれたらフランス風の名前にしようって決めていたらしいんです。今でも数年に一度は二人でパリに旅行に出かけていて……」

「仲のいいご両親なのね。可愛くて優しい響きで、あなたによく似合う名前だわ」

「ありがとうございます。自分でも大好きな名前です」

尾道が大和を見上げ「感じのいいお嬢さんじゃないか」と笑う。

「いいお嫁さんとお母さんになりそうだ。おっと、今時こんな褒め言葉はセクハラになるかな」

「ええっと……」

亜芽里は混乱しつつもひとまず場に話を合わせた。

「ありがとうございます。私もいつか温かい家庭を持つのが夢で……」

実際、亜芽里の夢は花関係の仕事を続けつつ、いつか両思いの男性と結婚し、子どもを産んで母親となることだった。

「そうか、そうか」

尾道が上機嫌で頷く。

「亜芽里さん、今何か仕事はしているのかい？」

「はい。実家が生花店なので手伝っています」

生花店と聞いて興味をそそられたのか、今度は白井が亜芽里に尋ねた。

「あら、私の子どもの頃の夢ってお花屋さんでしたよ。実際にはどんなことをしているのかしら？」

「まず朝市場に二トントラックで仕入れに行くんです」

「まあ、あなたが運転するの？」

「はい、そうです」

「植物の種類もたくさんご存知なんでしょうね。この会場の花の名前はわかるかしら？」

会場内にはところどころに丸テーブルが置かれ、中央の花瓶には紫と白を基調にした花が生けられている。

亜芽里は小さく頷き微笑みを浮かべた。

「はい、今日花を手配した方は粋な方だと思いました」

「それはどうして？」

「メインとなっている花……あの紫の薔薇はミステリューズって言うんです。予約が必要な高価な薔薇なので、多分パーティの予約を受けた頃に、すぐに発注したんだと思います」

ミステリューズは美しい濃い紫の中輪の薔薇だ。フランス語で「ミステリアスな」という意味である。

「きっと、ミステリーとかけているんでしょう。それに、紫の薔薇には誇り、高貴、尊敬、上品の他にも王座って花言葉があるんです。きっと青木賞のことを指しているのかな？って」

「まあ、そうだったの！」

白井はテーブルのミステリューズに目を向け、「そのアイデアいいわね」と笑った。

「私も次の作品で花言葉を使おうかしら」

「だけど、登場人物に亜芽里さんのような女性がいると、あっという間に謎が解かれてしまいそうだな」

「確かにそうね！」

尾道・白井夫妻はすっかり亜芽里を気に入ったようで、あれこれ質問したのち上機嫌で、「じゃあ、また後でね」と手を振って立ち去った。

亜芽里は「大和君」と大和のジャケットをツンツンと引っ張った。

「ちょっといい？」

会場片隅で声を潜めて尋ねる。

「尾道先生と白井先生、私を大和君の婚約者だって言っていたけど……」

「悪い！」

大和は手を合わせて謝った。

「亜芽里は俺の婚約者ってことになっているんだ」

「やっぱり……。どうしてまた？」

大和の説明によると、なんでもつい先日、売り出し中の女優とのスキャンダルをでっち上げられたのだという。

「ほら、民俗学者草薙剣《くさなぎけん》シリーズがテレビドラマ化されただろ。草薙の助手役の女優と関係があるんじゃないかって報道されて……」

「あっ、そういえばそんなニュースあったね」

ホテルのラウンジで監督を含めたメインの出演者と打ち合わせをし、出演女優とたまたま二人で出てきたところを「密会をしていた」と騒がれたのだとか。

「そうだったの。大変だねえ」

亜芽里はゴシップには興味がないので、相手が大和だとは思いもしなかった。

大和は小説以外で騒がれるのは御免だったので、思わず婚約者がいるのでありえないときっぱりと否定したのだとか。

「亜芽里には悪いんだけど、騒ぎが収まるまで、婚約者の振りをしてくれないか。婚約なんていつでも取り消せるからさ」

「なあんだ。そういうことだったの。わかった。昨日言ってくれればよかったのに」

「……本当にいいのか？」

「だって、大和君困っているんでしょ？」

大和は一瞬何かに躊躇する表情を見せたが、「ああ、助かる」と頷き亜芽里の手を取ろうとして、さっと引いて目を伏せ「……畜生」と唸った。

「？　大和君？　どうしたの？」

何が大和の機嫌を損ねたのかと首を傾げる。大和は「違うんだ」と苦笑しつつ顔を上げた。

「亜芽里は何も悪くない。俺も緊張してさ。この業界の御大《おんたい》も結構招待しているから。出版社が張り切りすぎなんだよな」

亜芽里はうんうんと頷いた。

「本当にすごい人ばかりだよね。そっか。大和君も緊張しているんだね。じゃあ、二人でなんとか乗り切ろうよ」

亜芽里は「行こう」と大和の腕を取った。

「……っ」

大和の全身がびくりと震える。

「大和君？」

大和は少々気まずそうだったが、大きく深呼吸をしたかと思うと、「……ああ、行こう」と応えて前を向いた。

久々の接触だったが、大和の心の声は聞こえてこなかった。やはり緊張しているらしい。

同時に、あらためて大和との体格差を意識する。

──大和君、背が伸びただけじゃない。なんだか男の人っぽくなって……。

触れると尚更意識してしまい、いけないと気を引き締めた。

──婚約者役なんだからしっかりしないと。

ふと、騒ぎが収まるまでとはいつまでなのかと首を傾げる。

──そんなに長くはならないよね。人の噂も七十五日って言うし、最近じゃ、あっという間に話題が変わるし……。

いずれにせよ、その期間内はしっかり婚約者役を務めなければと一人頷いた。

会場中央に戻るとたちまち招待客らに取り囲まれ、案の定氏素性や婚約について質問攻めにされた。

「いつ知り合ったんですか？」

「大和君とは幼馴染みなんです。産まれた産院も同じだったんですよ」

「わあ、ロマンティック」

「あなたなんか大和君に相応しくないわ！」的な、敵意に満ちた視線を向けられないかと冷や冷やしていたのだが、意外と皆好意的に受け止めてくれたのが幸いだった。

どうやら亜芽里が芸能人でも、特別美人というわけでも、良家の令嬢というわけでもない、その辺にいそうな平凡な一般人でしかなく、しかも幼馴染みだということで、逆に打算ではない、心から愛し合っての婚約だと勘違いしてくれたらしい。

——どうなることかと思ったけどよかった……。

ひとまず一通りの質問攻撃を躱《かわ》し、まだ挨拶をしていない招待客はいないかと会場内を見回す。壁に目を向けたところで、一人ワイングラスを傾ける男性が目に入った。

ダークブルーのスーツを身に纏った、長身痩軀の二十代後半と見られる青年だ。ダークブラウンの肩までの長髪が小粋だ。大和と同じくらい女性にモテそうである。

なんと、目の前を通り過ぎた美女に声をかけている。こんなところでナンパだろうか。

だが、すぐ振られていた。

「ねえ、大和君」

　亜芽里は大和にこっそり声をかけた。

「どうした？」

「あの人誰？　ほら、肩までの長髪の男の人」

「ああ、五年前俺と同じ賞を受賞した先輩だよ。ほら、『夜叉』の作者平野《ひらの》知臣《ともおみ》さん」

「ああ、大和君、ファンだって言っていたよね」

「あの人は本物の天才だよ。心理描写がとにかくすごいんだよな。ゾクッとするくらい」

『夜叉』なら亜芽里も読んだことがあった。京都の旧家を舞台にしたミステリーだったが、なかなか面白かった記憶がある。

　知臣は処女作で青木賞を受賞しただけではなく、資産家の出身で容姿端麗だということでも注目を浴びていた。現在は一年に一冊程度新作を出版しており、どれも重版するほどの人気だ。

「あの人が平野先生だったの。挨拶に行った方がいいよね？」

「もちろん。あの人、神出鬼没なんだよな」

　大和によると知臣は社交的でどんな招待も断らない。ところが、いつも途中でふらっと抜け出すくせがあるのだとか。

「平野さん」

　大和が声をかけると知臣は「おっ」と笑ってワイングラスを掲げた。

「婚約、おめでとう。可愛い彼女じゃないか」

気さくな青年らしく愛想のいい笑顔だった。

「初めまして。呉井亜芽里と申します」

亜芽里が丁寧に頭を下げると、知臣は近くにいたウェイターにグラスを手渡し、「堅苦しいのはいいから」と手を差し伸べた。

「呉井さん、よろしく。平野知臣です。駄作を連発していますよ」

「駄作だなんて」

亜芽里が握手に応え手が触れ合った次の瞬間、一瞬、静電気のようなものが走った。

「痛っ。室内が乾燥しているのかしら」

あらためて手を絡め軽く上下に振る。

「平野先生、これからよろしくお願いします」

すぐに知臣の心の声が流れ込んでくる。

（……結婚か。俺には一生無理だな。彼女を作るのだって冗談じゃないのに）

いつも人の心の声は感情や思考が言語化されて脳裏に浮かぶ感覚だが、知臣のそれははっきりとした声のようで、一瞬、耳で聞いたのかと錯覚した。だからつい、「そんなことはありませんよ」と口にしてしまったのだ。

「えっ……」

知臣が目を見開く。

「平野先生ならすぐにいい人が見つかりますよ」

「……」

知臣は亜芽里を凝視していたが、やがて「ああ、ありがとうございます」と苦笑した。

「そんなに物欲しげに見えましたか？」

その台詞で知臣の心の声に反応してしまったのだと気付いてはっとした。今までこんなドジをしたことなどなかったのに――。

大和がすかさずフォローを入れてくれる。

「僕たち先ほど平野さんが女性に声をかけていたのを見かけたので……」

知臣は「なんだ」と白い歯を見せて笑った。

「カッコ悪いところを見られたなあ」

その後の会話では何事もなかったものの、終わる頃には冷や汗で背筋がびっしょりになっていた。

挨拶を済ませ知臣のもとから離れる。

「亜芽里」

すぐに大和に耳打ちされた。

「平野さんの心の声が聞こえたのか？」

「う、うん……。俺に結婚は無理だとか……。はっきり聞こえたからドジしちゃった……」

「気を付けないとな」

「ごめん……」

一体、なぜ知臣の心の声がくっきり、はっきりしていたのかと首を傾げる。チャラく見えて意志の強い性格なのだろうか。

その後パーティはつつがなくお開きとなり、亜芽里は招待客らを見送ったのち、大和に「今日はありがとう」と礼を言われた。

「助かったよ」

「平野先生の件ではごめんね。変に思われなかったかな……」

「あれくらいなら大丈夫さ。それどころか、いい印象持ってもらったんじゃないかな。尾道先生たちなんて結婚式にはぜひ招待してくれとまで言っていたよ」

「あはは、私って昔からお年寄り受けはいいんだよね。唯一の取り柄がやっと役に立った感じ？」

「唯一って……人当たりがいいって結構難しいと思うけど。亜芽里みたいな力があると尚更だ。俺だったらきっと今頃人間不信になっている」

大和が不意に腰を屈め視線を亜芽里に合わせた。間近になった眼差しに亜芽里の心臓がドキリと鳴る。

「大和君……？」

──いつも眼鏡だから気にしたこともなかったけど、大和君って睫毛長いんだ……。

アイラインを入れたように濃くくっきりとしていて、チョコレート色の瞳に影を落としている。綺麗だなと見惚れる間に大和の薄い、知的な唇がおずおずと開かれた。

「帰るのもいいけど、ちょっと腹ごなしに外を歩かないか？　その、もうちょっと一緒にいたくて……」

「あっ、いいね」

アルコールが入ったので少々体が火照っている。

──そう、アルコールのせいよ。大和君が素敵だからじゃない。

大和は腰を上げ唇の端に笑みを浮かべた。

「帰りにコーヒー飲むのもいいな。亜芽里の腹に余裕があるなら、シュークリームも奢るよ」

亜芽里がスイーツの中ではシュークリームが一番好きだと知っており、時折手土産にしたり、奢ってくれたりするところは変わらなかった。

「あっ、いいね。じゃあ、大和君はチョコレートケーキだね。チョコレートプレートが載ったやつ」

「亜芽里は俺の好きなものをよく知っているな」

「長い付き合いだからね」

「……まあな」

亜芽里はコサージュのついたパンプスを見下ろした。

――魔法は解けて、明日からまたフラワーショップクレイの店員さん。気を引き締めて仕事しないとね。

そのまま大和と二人でエレベーターに乗り、ロビーの自動ドアを潜ってホテル外に出る。

「風冷たい！」

「夜はまだちょっと冷えるな」

大和とお喋りをしていたのもあって、自動ドアの外にある柱の陰に、カメラを構えた週刊誌記者が二人いたのには気付かなかった。

「人気イケメン作家、源大和に婚約者が⁉」の記事が週刊誌巻頭を飾ったのは、それから一週間後のことだった。


その日亜芽里はいつものように、午前中までの合計金額を確認していた。

――よし、大丈夫。ぴったり。

一円のズレもなかったので胸を撫で下ろす。腕時計に目を落とすと午後一時近くになっていた。そろそろアルバイトの須賀が帰ってくる頃だ。

――今日のお昼は何にしようかな。あっ、そうだ。新しくできたカフェのクーポン券があったはず……。

エプロンのポケットからスマホを取り出し、大和からのメッセージに「あら」と声を上げる。いきなり「悪い！」から始まっていたので、何があったのかと読もうとしたところで、なぜか暗黒のオーラを背負って戻った須賀に、「亜～芽～里さ～ん」と怨念の籠もった声で呼ばれた。

「須賀ちゃん、お帰り……って、何があったの？」

「亜芽里さん、いくら彼氏を取られたくないからって、嘘はいけませんよ、嘘は。そんなに私は油断ならない女でしたか？」

須賀が何を言っているのかわからない。

「えっと……取り敢《あ》えず落ち着こうか。何か辛いことでもあったの？」

須賀はカッと目を見開き亜芽里さんに詰め寄った。

「ありましたよ！　これって亜芽里さんですよね!?　幼馴染みどころか婚約者じゃないですか！」

須賀の見せたスマホの画面には、手を組んだ大和と亜芽里の姿があった。亜芽里の顔にはモザイクがかけられているが、服装とスタイルからして間違いない。

「……!?」

　ぎょっとして画面を凝視する。

「えっ……どうして……」

「どうしてもこうしても、これ週刊誌のウェブ版の記事ですよ。亜芽里さん、婚約者ってどういうことですか!?」

　記事にはこう書かれていた。

『青木賞受賞作家でもあるベストセラー小説家の源大和さん。小説家としてだけではなく近頃様々なメディアに出演し、その知的な佇まいから女性の間で人気急上昇中だが、そんな源さんが婚約したとのニュースが入った。お相手は一般人女性のAさん。源さんとAさんはなんと生まれた頃からの付き合いで、長年密かに育んでいた愛をようやく実らせたとのこと。Aさんは某生花店に勤務しており、笑顔の素敵な女性だと近所で評判だという』

「この胸の大きさ、どこからどう見ても亜芽里さんですよね!?」

「……って須賀ちゃん、どこを見ているのよ……」

　一体どういうことだと視界がぐらりと揺れる。

　一方、須賀は興奮してはいるものの、悪い思いは抱いていないようだった。

「あ〜、悔しい！　ずるい！　いいなあ〜。でも、亜芽里さんならいいかなとも思ったり……。その代わり、結婚式には招待してくださいね!?　そこで彼氏見つけますから！　二次会でもいいですよ！」

「いや、ちょっと待って……」

混乱しつつも須賀に断り店の奥へ引っ込む。すぐさま大和に電話をかけると、大和はワンコールで取ってくれた。

『もしもし、亜芽里？』

「大和君？　週刊誌に私たちのことが載っていて……」

『俺もさっき担当から聞かされたんだ。ごめん。記者があんなところにまで張っていると は思わなくて』

「それは大和君のせいじゃないから謝らないで。でも、どうしよう。この週刊誌お母さんも読んでいて……」

いくら顔が隠されていても母親なのだ。記事に某生花店勤務とも書いてあるので、すぐに婚約者は娘なのだと思い当たるだろう。どういうことかと問い質されると思うと頭が痛かった。

『俺の父さんはもう読んでいてさ。さっき電話がかかってきて、〝亜芽里ちゃんと婚約したのか？　お前たちいつの間にそんな仲になったんだ〟って聞かれた。わかる人にはすぐに亜芽里だってわかるみたいだな』

大和の父の暁生《あきお》は現在肝臓ガンの手術のため入院中だ。びっくりさせ、負担をかけたのではないかと不安になる。

「おじさん、なんて言っていた？」

『それが、〝亜芽里ちゃんなら間違いない〟って……』

「ええっ」

『昔から〝亜芽里ちゃんが大和のお嫁さんになってくれたらな〟とかそんなこと言っていただろ』

「そうだっけ？　全然覚えてなかった……」

亜芽里はそれどころではなかった。

――お父さんお母さん、おじさんたちだけじゃない。一体どれだけの人が私だってわかった？

広範囲に亘りそうで頭がくらくらする。

――ちょっと、どうすればいいの？

とてもではないが対応できる気がしない。

大和は電話の向こうで黙り込んでいたが、やがて「明日会いたい」といつもよりワントーン低い声で囁いた。

「あっ、うん。明日はお休みだから大丈夫だけど……」

『今回の件も含めて話したいことがあるんだ。……だから、時間を取ってくれないか』

その夜店を閉め恐る恐る実家へ戻ると、母の礼子《れいこ》が満面の笑みで亜芽里を出迎えた。

「ただいま～……」

「お帰り！　今日は亜芽里の好きなチキングラタンよ。あっ、ソーセージも焼いたから」

「……」

不安になりつつ手を洗ってダイニングへ向かう。

テーブルには亜芽里の好物が並べられ、礼子がはしゃいでいるのがよくわかった。一方、父の直樹《なおき》はどことなくそわそわしている。

夕食が始まると礼子は開口一番、「大和君と婚約したんですって⁉　あなたたち付き合っていたの⁉」と亜芽里に迫った。

「週刊誌読んでびっくりしたわよ。あれって亜芽里でしょ⁉　まさか自分の娘の記事を見ることになるなんて！　なんだか有名人になったみたいね」

「お、お母さん、あれは違うの。大和君に頼まれて……」

「……亜芽里」

名前を呼ばれて斜め前の席の直樹に目を向ける。

直樹は所在なさげに眼鏡を上げつつ、「お父さんは賛成だぞ」と呟いた。

「大和君はいい青年だ。有名になっても名声に目が眩まず驕《おご》らない。ただ、付き合っているなら言ってくれてもよかったのになあとは思うけど……」

両親はもう大和と亜芽里が付き合っており、近いうち結婚するものと誤解している。今のうちに訂正しなければと、「あのね」と慌てて口を開いた。

「私たち、本当にそんな関係じゃないの。大和君にパーティのパートナー役を頼まれて、そこを記者に撮影されたみたいで……」

必死になって一から十まで説明すると、娘が嘘を吐かない質だと知っているからだろう。二人とも「なんだ、そうだったのか」と拍子抜けし、「じゃあ、どうしよう」と顔を見合わせた。

「ねえ、亜芽里。どうせなんだしこのまま結婚したら？」

「えっ」

「ご近所の皆様と全国の親戚一同に亜芽里があの源大和と結婚するって自慢しちゃったしなあ」

「ええっ！　おっ、お父さん、お母さん、なんてことを……」

礼子が溜め息を吐きつつ悲しげな表情になる。

「だって、今まで彼氏の一人も紹介してくれなかったでしょ。うちの子このまま花だけ相手にして終わるのかしらって心配していたから、一足飛びに婚約って聞いてはしゃいじゃって」

短大入学以降よく「彼氏は?」と聞かれていたので、亜芽里は反論できずに口を噤《つぐ》むしかなかった。

そこへ直樹が「それは名案だな」と追い打ちをかける。

「大和君も亜芽里ももう二十代半ばなんだし、このまま結婚すればいいんだよ。大和君は亜芽里が好きだし問題ないだろ? 亜芽里も憎からず思っているだろうし」

「えええっ」

亜芽里は何を言っているのかと首を横に振った。

確かに大和は驚くほど素敵な男性に成長した。特に、この一、二年で大人としての色気が増した気がする。それは亜芽里も認めざるを得ない。

「大和君が私を好きだなんてそんな。第一向こうだって結婚まで考えていないと思うけど」

「えっ、亜芽里、気付いてなかったのか?」

直樹だけではなく礼子も驚いている。

「あんなに見え見えだったのに……大和君可哀想に……」

「ちょっ……何言っているの?」

話が見えずに戸惑う亜芽里に礼子は「だからね」と苦笑しつつ説明した。

「大和君、小さい頃から亜芽里が好きだったでしょ。ずーっと一緒だったじゃない」

「それは子どもの頃の話で……」

直樹がすかさず口を挟む。

「時々この町に帰ってくるのも亜芽里に会いたいからだと思うぞ。お父さんも男だからよ〜くわかるけどな、目当ての子がいなきゃわざわざ実家に帰ろうなんて思わないものだ」

二人は頷き合い「とにかく!」と揃って亜芽里を見据えた。

「「私たちの立場もあるからこのまま結婚すること!」」

「そ、そんな……」

なんて両親だと呆れつつも、亜芽里は反論できなかった。


その夜、亜芽里はベッドに伏せ、「……どうしよう」と唸った。

両親がご近所及び親戚一同に言いふらしたということは、噂はインフルエンザの流行並に広まっていると考えた方がいいだろう。訂正するのには相当の労力と時間がかかると思われた。

——明日、大和君と話し合わないと。大和君だって困っているだろうし……。

脳裏に礼子の一言が過《よぎ》る。

『大和君、小さい頃から亜芽里が好きだったでしょ。ずーっと一緒だったじゃない』

——大和君が私を好きって……。そんなこと言われたこともないし、感じたこともなかった。

大和は幼い頃は読書好きで、おとなしく無口な少年だった。しかし、知能指数が高かったのか頭がよく、考えていることは同年代の子どもよりもずっと大人びていた。

大和に触れると政治だの経済だの統計学だの文学史だの、亜芽里には理解できない思考が流れ込んできてしばし混乱したものだ。

——あれ？

いつかと同じ違和感を覚えて首を傾げる。

——そういえば大和君の心の声って最近全然聞いていない。

幼い頃は兄妹のように仲がよかったので、しょっちゅう手を繋いだり、お互いに抱きついたりしていたのに。

——さすがにもう大人なんだから、手を繋ぐのはありえないとして、それでも時々会っていたのに、まったく触れないなんておかしくない？

もしかして、避けられていたのではないかと思い至る。なら、すべての辻褄が合った。ある時点から不自然なほど会わなくなったではないか。

——どうして？　私、大和君に何かした？　でも、婚約者役を頼んでくるくらいなんだから、嫌われていたってわけではないと思うんだけど。まさか、お父さんとお母さんの言っていた通り——。

いいや、こんなことを考えている場合ではないと手の甲で目を擦る。

――何にしたっていきなり結婚なんてありえないよ……。どうやって皆の誤解を解けばいいんだろう。

結局思い悩んで明朝まで眠れず、日が昇り切ってからもうとうとしてしまった。食事も取らずに正午を大分過ぎた頃、窓から小さな音が聞こえたので目が覚める。コツン、コツンと何かが当たっているようだ。

「何……？」

カーテンと窓を開けて目を見開く。大和が自室から笑って手を振っていたからだ。ガラス戸に石礫《いしつぶて》を投げていたらしい。

――大和君、実家に帰っていたの？

大和と亜芽里の部屋は二階の真向かいにあり、約三メートルしか離れていない。まだ幼く携帯もスマホも持っていなかった頃には、夜は窓を開けてお喋りをしていた。

今日の大和はいつも通りの黒縁眼鏡でラフに前髪を下ろしていた。Ｔシャツとジーンズ姿になんとなくほっとさせられる。

「亜芽里、おはよう。多分、今起きたんだろ？　電話かけても起きなかったからさ」

「うん、そう。もう午後になっていたんだね。って、もう一時半じゃない」

大和が起こしてくれなければ、約束の午後二時まで眠っていたかもしれなかった。

「すぐ準備するね」

窓とカーテンを閉め着替えを済ませると、あっという間に午後二時になっていた。玄関前ではすでに大和が待っている。先ほどの服装に革ジャンを羽織っただけのシンプルな装いだった。それだけに足と腕の長さが引き立っている。

亜芽里は途端に自分の装いが気になった。

――大丈夫かしら。私、大和君の隣に並んでもみっともなくないかしら？

ジーンズにツインニットの飾り気のない装いで、化粧に至っては軽くパウダーをはたいて、リップクリーム代わりのグロスを塗っただけだ。

大和は「行こうか」と身を翻した。

「行くってどこへ？」

「父さんの見舞い。付き合ってくれるか？」

「えっ、うん。構わないけど……。じゃあ、お見舞いの品買っていかない？　おじさん、甘い物好きだったでしょう。あっ、でも、今療養食なんだっけ」

「いいや、もう食べられるけどいいよ。菓子類は結構もらっていて、消費する方が大変そうだから」

大和の父の暁生は都内にある公立大学の教授だ。教え子がどっさり持ってくるのだと苦笑した。

るのかな？

——大和君、婚約の件を話題に出さないっていうことは、もうある程度対策は考えてあ
おそらく今後についての話し合いは、暁生の見舞いの後になるのだろう。亜芽里はそう自分を納得させ大和の隣に並んだ。

「ねえ、大和君、二人きりで歩いていて大丈夫？　また前みたいに写真を撮られたりしない？　タクシーに乗っていった方がよくない？」

「今の時間帯は道路混み合っているしな。それに、記者ならもう大丈夫。スクープって取り敢えず一度話題になればそれでいいからさ」

——……そんなものなのかしら？

ゴシップに弱いので判断できない。だが、大和が嘘を吐いたことはなかったので、首を傾げつつも最寄り駅まで歩いた。

大和はやはり目立つのか、途中すれ違う通行人が、時折チラリと目を向ける。駅では何人もの女性が耳打ちをしていた。

「あの人どこかで見たことない？」

「多分源大和じゃないかな。ほら、最近人気の推理小説家の」

「ねえ、声かけてみる？」

「でも、女連れじゃない。へえー、なんだか意外な趣味……」

女連れだと噂されるといたたまれなくなる。しかも、意外な趣味とはどういう意味かと気になった。

――私、彼女なんかじゃないのに。

亜芽里は美人ではないと自覚しているが、パーティで大和のパートナーになるまで、コンプレックスを抱いたことはなかった。恋人こそいないものの、それなりに充実した暮らしをしていたからだ。

なのに、近頃大和の隣にいると、胸がモヤモヤして居心地が悪くなる。

――昔はこんなことなかったのにな。

その後電車に乗っても居心地の悪さは変わらなかった。

平日だったものの車内はそこそこ混んでおり、席が空いていなかったので近くの手すりを掴む。大和も亜芽里の隣に並んで同じ手すりを掴んだ。

気まずさを払いのけようと、笑顔で大和を見上げる。

「おじさんの手術、うまくいってよかったね」

「ああ。今まで病気一つしたことなかったから、いきなりガンだって告知されて、ちょっと凹んでいてさ。亜芽里も励ましてくれると嬉しいよ」

「もちろんだよ」

大和の父の晩生には、幼い頃娘のように可愛がってもらった。ちなみに、亜芽里の父の直樹も大和を息子のように可愛がっている。

大和も亜芽里も一人っ子だったので、両親はお互いの息子、娘が羨ましかったのだろう。そんな経緯もあり、暁生の見舞いに行くのに気兼ねはなかった。

暁生の病室は町を見下ろせる五階南にあり、日当たりもよく大和とその母の気遣いが窺えた。

暁生は体を起こしてテレビを見ていたが、すぐに大和と亜芽里に気付き、笑顔で迎えてくれた。

「おお、亜芽里ちゃん、よく来てくれたね」

「おじさん、お久しぶりです」

「さあ、座りなさい、座りなさい。ああ、そうだ。大和、前見舞いにカステラもらっただろう？　亜芽里ちゃんに出してあげなさい」

「えっ……そんな悪いですよ」

「いいから、いいから。さすがに術後にカステラ二本はきついからね。ほら大和、お前もだ」

結局、大和と亜芽里は移動式の椅子をベッド際に引き寄せ、コーヒーとカステラをいただくことになった。

「このカステラ美味しいですね。お腹が空いていたのでありがたいです」

「本場長崎《ながさき》のお土産だそうだよ」

暁生は上機嫌そうだったが、同時にやはり手術の負担は大きかったのだろう。頬や体から肉がげっそりと落ちていた。顔色もいいとは言えないだけに痛々しい。

――ネットで調べてみたけど、肝臓ガンってステージによっては生存率が高くないって聞いたし、大丈夫なのかな……心配。

とはいえ、いくら仲がよくても自分の父親ではない。そう突っ込んで聞くこともできず悶々としていると、突然「それで、式はいつなんだい？」と聞かれ、危うくコーヒーを噴き出しそうになった。

噎《む》せそうになるのを堪えつつ、「なんの式ですか？」と尋ねる。

「なんのって……もちろん君たち二人のだよ」

「えっ……」

思わず隣の椅子に腰かけ、素知らぬ顔でカステラを口にする大和に目を向ける。

――大和君、おじさんに訂正しておいてくれなかったの？

大和は亜芽里の視線に気付いているだろうに、前を見たまま目を向けようともしなかった。

暁生は心から嬉しそうに「楽しみだなあ」と笑った。

「亜芽里ちゃんだったらどんなドレスでも白無垢でも似合いそうだね。招待客は何人くらいにするつもりだい？　できれば僕の郷里の親戚も呼びたいんだけど」

「そ、それは……」

術後の暁生に「式以前に婚約は嘘です」とは言えない。予後が悪化してしまえば生涯後悔に苛まれるだろう。

助けを求めて大和に視線を送ると、なんと大和は亜芽里に代わってこう答えた。薄い唇の端に笑みが浮かんでいる。

「秋のつもりだったんだけど、夏もいいなって話し合っていたんだ。式場に空きがあったらすぐ予約するつもりだよ」

「……!?」

何を言っているんだと反論しようにも、目の前に暁生がいるのでできない。あたふたする間に大和は更に話を進めた。

「俺たちこういうことについては何も知らないからさ。結納はした方がいいのかとか、引き出物は何がいいのかとか、父さんに色々聞きたいんだ」

「……そうか、そうか。なら、こんなところで寝ていられないな」

大和の結婚がよほど楽しみなのだろうか。暁生は目を細めて亜芽里の手を取った。

体温が下がり、潤いをなくしてしわがれ、手術や薬剤の副作用からか小刻みに震える手。その手から暁生の心の声が流れ込んでくる。

(亜芽里ちゃんなら大丈夫だ。きっとありのままの大和を見てくれる。よかった……本当によかった)

亜芽里は内心頭を抱えた。

――どうしよう……。こんな声を聞かされたら。お芝居でしたなんて言えるはずがないじゃない。

同時に、大和が何を考えているのかわからずに戸惑う。チラリと端整な横顔に目を向けたものの、大和はやはり亜芽里を見ようとしなかった。

――大和君はこれからどうするつもりなの？

二十五年間兄妹のように生まれ育って、こうも大和の意図が見えないのは初めてだった。

結局、暁生に真実を打ち明けられずに見舞いを終え、亜芽里は大和とともに病室を出た。出入り口の自動ドアを潜ったところで、「……大和君」と広い背に声をかける。

「聞きたいことがあるんだけど……」

「ああ、わかっているよ」

亜芽里は胸を撫で下ろした。

――わかっているってことは、何か考えがあるのね。

大和の隣に並んで歩き出す。

この病院に続く大通りの並木はソメイヨシノで、すでに見頃を終え葉桜になっている。それでも、まだ薄紅色の花弁がわずかに残っており、時折ひらりと足元に舞い散った。

「そういえば今年はお花見行かなかったな。大和君は？」

「父さんと一緒に病室から見たよ。父さんは桜が好きだからな。この部屋でよかったって笑っていた」

「……そう」

思い切って大和に尋ねる。

「ねえ、大和君。おじさんの容態はどんな感じ？　よくなりそう？」

「……五分五分ってところかな」

今後の遺伝子検査の結果と投与される薬剤にかかっているのだとか。

「どうなるにしろ、主治医から本人の気力が大事だって言われた」

大和は足を止めると、真っ直ぐに亜芽里を見下ろした。チョコレート色の瞳に浮かぶ、強く瞬く光に亜芽里の心臓がドキリと鳴る。何かを心に決めた真剣な眼差しだった。

「亜芽里、話があるんだ」

「うん、何？」

「俺と結婚してほしい」

思わず「えっ」と声が出た。それ以上言葉が出てこない。

――大和君、今、なんて言った？　えっ？　結婚してほしい？　それってプロポーズの言葉じゃないの？　えっ、プロポーズ？　ええっ？

大和は、事態が把握できずに呆然とする亜芽里の手を取った。

「母さんはもう諸手を挙げて賛成しているし、亜芽里と結婚すると言えば父さんも元気が出ると思う。亜芽里は今好きな男がいるわけじゃないだろう？」

「で、でも……」

好きな男どころか失恋して数ヶ月しか経っていない。だからといっていきなり結婚など、それも長年の幼馴染み相手に考えられなかった。

「私たち、付き合っているわけじゃないし……」

「付き合っていなくたって結婚はできるだろう？」

確かに、結婚は本人と証人の欄にサインをすれば終わりだ。だからといって「はいそうですね」と答えるわけにはいかなかった。

「だけど……」

「――亜芽里」

大和は亜芽里の肩に手を置こうとしてぐっと握り締めた。

「やっ、大和君？」

「……ああ、畜生」

口惜しそうに唇を噛み締め、拳に力を込めつつ溜め息を吐く。

「……もう知っていると思うけど、父さんは俺と亜芽里が婚約したって聞いて、すごく喜んでいてさ。もし、嘘だったって知ったら落ち込むと思う。ガンって体力だけじゃ闘えない。気力と周りの支えが必要だから」

「……」

チョコレート色の瞳に切なげな光が瞬いている。

亜芽里は暁生の病気を持ち出されると弱い。脳裏に暁生の心の声が浮かんだ。

――おじさんが亡くなったらおばさんと大和君がすごく悲しむ。でも……結婚って一生の問題だし……。

大和は素敵な男性に成長したと思う。とはいえ、兄妹のように仲良くしていた思い出が勝り、恋をしているとまでは言えない。プロポーズされても嬉しい、嬉しくない以前に戸惑うしかない。一時のときめきだけで決められるはずがなかった。

だが、いずれにせよ大切な存在であることには違いない。

「……わかった」

覚悟を決めて小さく頷く。

「大和君と結婚する」

大和はほっとしたのか「ありがとう」と呟いた。

その応えに少々複雑な気分になる。大和は両親の意向だけで結婚を決められるのか。一体、彼にとって自分とはどういう立ち位置にあるのか。そう聞こうとして口を噤む。プロポーズを受ける勇気はあったのに、その答えを聞くのはなんとなく怖かった。

「それと、ごめん……」

心から申し訳なさそうだったので、一体なぜ謝るのかと首を傾げる。

「どうして謝るの？　大和君のせいじゃないし、私が決めたことだから、そんなに気にしないでよ」

実際、なぜか驚くほど後悔はなかった。

「……亜芽里はやっぱり優しいな」

大和は苦笑し亜芽里の肩に額を押し当てた。いつにない幼馴染みの行動に戸惑いつつも、気が付くと腕を伸ばして大和の背に手を回し、子どもをあやすようにぽんぽんと叩いていた。昔よくしていた慰め方だった。

「大和君、大丈夫？　頭痛いの？」

「……うん、大丈夫」

久々に触れる大和の背は広く逞しく、一人の大人の男性のものだった。

――大和君、昔は私より小さいくらいだったのに。

同時に、大和の心の声が手のひらをおいた背を通じて流れ込んできた。

（よかった。怖かった。ごめん、亜芽里。俺ってやっぱり悪い奴だ。……ごめん）

感情が高ぶっているのだろうか。思考が散り散りになっていてよくわからない。

亜芽里は大和の温もりを感じながら、心臓が早鐘を打つのを感じていた。ぴったり接触しているので意識してしまう。

——どうか大和君に心臓の音が聞こえませんように。

不意に大和が亜芽里の肩から顔を上げる。すでに表情はいつもの落ち着きのある大和に戻っていた。

「じゃあさ、今度の休み、婚姻届出しに行こうか」

「へっ？」

いくらなんでも早過ぎないかとぎょっとする。

「駄目か？」

「駄目ってわけじゃないけど……」

結婚の覚悟は決めたもののもう少し独身時代——というよりは、心の準備をする期間がほしかった。

大和のチョコレート色の瞳が再び陰る。

「俺も急かしたくはないんだけど、父さんの容態が不安なんだ。式場がすぐに押さえられるとは限らないだろう？　先に入籍だけでも済ませておけば、安心させてあげられるんじゃないかって思って」

やはり暁生が最優先らしい。胸がモヤモヤしたが、大和の立場からすれば当然だ。

——こんな気持ちになるなんて我が儘よ。私だっておじさんが少しでも安心するようにって結婚を決めたのに。

大和も同じだと知るとなぜ複雑な思いに駆られるのか。

できればもう少し待ってほしかったのだが、暁生の元気には代えられない。躊躇いつつも休日の一日を挙げる。

「うーん、じゃあ、来週水曜日はどう？」

「ああ、空いている」

こうして知り合って二十五年、交際ゼロ日で二人の結婚が決まったのだった。

第二章　大和君と結婚!?

大和と亜芽里の結婚式は、仮初めの婚約から約六ヶ月後、十月の半ばに都内の某星付きホテルで執り行われた。

ちなみに、亜芽里が結婚を承諾してから一週間後には入籍している。双方の両親にはその日のうちに記念の受理証明書を手渡していた。

亜芽里の両親の直樹、礼子、大和の母の真弓《まゆみ》はもちろん、ことのほかこのプレゼントを喜んだのは闘病中の暁生だった。「亜芽里ちゃんが本当に俺の娘になったんだなあ」と喜んでいた。

暁生は息子の結婚で人生に希望が見えたのか、今度は孫が産まれるまで生き延びなければと体力の回復に励み、結果みるみる元気になった。儚くなるどころか挙式のリハーサルでもやる気満々。現在の本番でもチャペルの両親の席で満面の笑みを浮かべている。

オルガンと合唱隊の賛美歌が流れる中、亜芽里は大和と腕を組みながら、怒濤のごとく過ぎ去ったこの六ヶ月を思い浮かべた。

マスコミや出版社への挨拶にその後の報道、親族や知人、友人への説明に結婚式の準備。新居は大和のマンションへ引っ越すだけだったのが救いだった。

細々とした手続きの大半は大和がこなしてくれたが、花嫁だけしかできないことも多くある。無事今日という日を迎えられてほっとしていた。

——お嫁さんになるのは小さな頃からの夢だったけど、まさか大和君と結婚するとは思わなかった。

気の置けない幼馴染みでしかなかったのだ。

すでに覚悟しているものの、やはり不安は拭い去れない。ベストセラー小説家の妻としてやっていけるのか、大和とちゃんと夫婦になれるのか、これからどんな人生が待ち受けているのか——何もかもが手探りでわからなかった。

——お母さんもこんな気持ちで結婚したのかな……。

ちなみに、亜芽里の両親は見合い結婚である。

「新郎大和は、亜芽里さんを妻として健やかなる時も、病める時も、豊かな時も、貧しき時も、愛し、慰め、命のある限り真心を尽くすことを誓いますか？」

「はい、誓います」

大和がはっきりと答える。

「新婦亜芽里は、大和さんを夫として健やかなる時も、病める時も、豊かな時も、貧しき時も、愛し、慰め、命のある限り真心を尽くすことを誓いますか？」

「……はい、誓います」

不安で少々返事までに間が空いてしまい慌てたが、その程度は問題ないのか、間もなく指輪の交換へ移った。ブーケを係に手渡しプラチナの指輪を交換する。

続いて誓いの口付けになったところではっとした。

――私、キスしたこともないんだけど……。

何せ男性と交際したことが一度もないのだ。大和も恋愛感情で結婚したからではないからか、この半年亜芽里に指一本触れていない。つまり、亜芽里はバージンロードを文字通りバージンで歩いたのだった。

とはいえ、今更「待って」とも言えないので、観念して腰を屈めてヴェールを差し出した。

大和の手がゆっくりと二人を隔てるそれを取り払う。あらためて向かい合い、大和のどこか緊張した真剣な眼差しを目にして、亜芽里の心臓がドキリと鳴った。

大和はシルバーとダークグレーのモーニングコート姿だ。直線的なラインが大和のスタイルの良さを引き立て、蝶ネクタイが憎らしいほどさまになっていた。

――大和君……素敵。

一瞬、昔からずっと知っており、幼稚園の頃には一緒にお風呂も入った、幼馴染みの大和ではないように思えた。

「それでは新郎新婦、誓いの口付けを」

大和の端整な顔が睫毛の触れ合う距離まで近付く。

亜芽里は思わず目を閉じてしまい、しまったと思ったものの、直後にふわりと柔らかで温かく、乾いたものが唇に触れた。

それが亜芽里のファーストキスだった。心の声を読む間もないほど短かった。

披露宴も無事に終わり、招待客を見送る頃には、すでに心身ともにへとへとで、これで自分も結婚したのだと感慨に耽る余裕などなかった。

だが、まだ招待客の見送りがある。最後まで気を抜いてはならないとカツを入れた。

何せ、今回の挙式、披露宴に招いた客は、大和と付き合いのある出版社の関係者だけではない。青木賞の審査員や文壇の重鎮、ミステリー小説の大御所もいる。その中には知臣も含まれていた。大和のドラマ化作品の監督や出演した俳優も何人かいる。

中でも目立っていたのが羽田《はねだ》カノンだった。重要な役どころであり、主役を凌ぐ人気だった役を演じた。現在、売り出し中でまだ二十三歳。清楚な美貌と長い黒髪が目を引く。

以前、大和との密会を報道されたのも彼女だ。

カノンは気を遣ったのだろう。比較的地味な濃紺のパーティドレスだったが、よりその美しさを引き立てる結果になっていた。

正直、挙式でも披露宴でも花嫁衣装の自分よりも、カノンの方がはるかに綺麗だったと亜芽里は思う。皆、花嫁よりもカノンに注目していたのではないだろうかとも。

そんなカノンが大和の前に立ち、深々と頭を下げる。

「源先生、おめでとうございます」

「ありがとうございます。羽田さんにはお世話になりまして……」

カノンは大和への挨拶を終えると、続いて亜芽里に向き直り口を噤んだ。

ほんの数秒間だが穴が開くほど、しかも睨み付けるように見つめられ戸惑う。しばしのちカノンは誰もが見惚れる微笑みを浮かべ、すっとその白魚のような手を差し伸べた。

「これからも源先生にお世話になるかと思いますが、どうぞよろしくお願いします」

「はい、こちらこそ大和く……主人をよろしくお願いします」

その手を軽く握った次の瞬間、カノンの途切れ途切れの思考が脳裏に流れ込んできた。

(ずるい。ブスのくせに)

(なんにも努力していないくせにずるい)

(どうしてこんな女が……ずるい)

目の前のカノンは愛想よく笑っている。

「では、失礼します。この後すぐ仕事なんですよ」

最後にあらためて一礼すると、付き人らしき女性とともに、何やら話し合いながらエレベーターに乗り込んだ。

一方、亜芽里は思いがけずカノンの悪意に触れ、その支離滅裂さと繰り返された「ずるい」に戸惑っていた。

――確かに私はブスかもしれないけど……。

二十五年の人生でそれなりに努力はしてきたし、ずるいと言われるような真似をしたこともない。一体、何がそれほどカノンを苛立たせたのか。

――もしかして、大和君に好意を抱いていたとか？

いかにもありえそうで不安になる。

そんな自分たちを背後から知臣が見つめていたのにも気付かなかった。


「新婚旅行先は亜芽里の好きなところにしよう」――大和にそう言われて亜芽里が選んだ地はフランスだった。フラワーアレンジメントの本場の一つであり、日本とは違う花文化のある国である。気軽に日常生活に花を贈る文化が定着していると聞き、ぜひそうした光景を実際に見てみたかった。

初めに降り立った地は憧れのパリ。両親の新婚旅行先でもあったフランスの首都だ。

ほどよく色付いた街中のマロニエの並木に歓声を上げる。ガイドブックの通りだったからだ。

「わっ、そのまんま！」

笑顔で隣の大和を見上げる。

「ちょっと紅葉しているね」

「実がなっているんじゃないか？」

「あっ、本当だ」

海外旅行など初めてだったのでついはしゃいでしまう。

笑い声を上げていたので目立っていたのか、途中、年配の夫婦に声をかけられた。

「あなたたちも日本の方？」

「あっ、はい」

「新婚旅行かしら？」

亜芽里に代わって大和が「そうです」と笑顔で応え、亜芽里の肩にそっと手を回す。

「まあ、素敵ねえ。楽しんでね」

大和の手のひらが温かい。その温もりが照れ臭く嬉しかった。だから、すぐに大和の手が離れてしまい寂しさを感じたのだ。

「亜芽里は海外旅行は初めてだったか？」

自分の気持ちに戸惑いながらも頷く。

「う、うん、短大の卒業旅行は沖縄だったの。あそこも色んな花があって楽しかったな」

パリにはルーブル美術館やオペラ座を筆頭に、歴史的建築物が随所にあり、古き良き時代のこの国を偲ばせた。

リュクサンブール公園前のこの通りでは、素朴な焼き栗の屋台もあちらこちらで見かける。錆びた巨大な鍋で栗を煎っており、香ばしい香りに釣られてついポケットの小銭を探った。

店の前には小さな黒板が置かれ、値段らしき言葉が書かれていたが、あいにく英語力も怪しいので読めない。

それでも、めげずに片言のフランス語で話しかける。

「ええっと、メルシーじゃない。ボンジュール。私、栗、ほしい。言葉わかる？　現金いい？　美味しいものがほしいです」

人のよさそうな老人の店主はニコニコ笑いつつ、亜芽里に焼き栗の入った袋を手渡してくれた。サービスしてくれたのか盛り付けがすごい。何か言われて首を傾げていると、大和が通訳して教えてくれた。

「可愛いお嬢さん、存分にパリを楽しんでって言ってくれているんだよ」

「ああ、そうなんだ？　お爺さん、ありがとう」

亜芽里は大和の腕を引っ張った。

「ねえ、大和君、公園の中で食べよう？　ベンチがたくさんある」

公園内にはあちらこちらにベンチがあったが、亜芽里はアイスケーキを思わせる宮殿の見えるベンチを選んだ。二人で焼き栗を摘まみつつお喋りに興じる。

「大和君ってフランス語話せたの？」

「ああ、大学でフランス語取ったから」

さらりと返され聞き流したものの、よく考えてみてはっとする。

——私も第二外国語で中国語取ったけど、全然話せないまま卒業したのに……。

しかも、真面目に勉強したはずなのに初心者レベルに終わり、今はニーハオとイーアルサンスー以外は忘れてしまっている。

思えば大和の母校の大学はW大学で、学力が相当高くなければ入学できない。小説が書けるだけではなく、地頭もいいのだろうと思われた。

——大和君ってもしかしてすごい人？

しばらく呆然としたものの、すぐに気を取り直す。

——確かにすごい人かもしれないけど、それだけが大和君じゃない。二十五年付き合って私が知っている大和君だって大和君よ。どれも大和君の一部で欠かせないわ。

大和が小説家としてデビューし、更にその作品がベストセラーとなり、すっかり人気者となってからも、大和は大和だと感じていたのだと思い出す。

——結婚してからもそんな風に付き合っていけばいいんだ。

「ねえ、大和君。焼き栗を食べ終わったら、もう一度ルーブル美術館へ行ってもいい？ミュージアムショップへ行きたくて」

そう声をかけて大和の肩を叩く。大和は亜芽里のその手に自分の手を重ねた。

「亜芽里、楽しいか？」

「や、大和君？」

直接大和から触れられたのは久しぶりだった。戸惑いつつも「……うん」と小さく頷く。

「すごく楽しい」

そして、きっと友だちとではこうも楽しくなかっただろうと思う。心がむず痒いような不思議な感覚だった。

同時に、手から流れ込んでくる心の声に目を見開く。

（亜芽里の手、小さい。温かい。可愛い。嬉しい。やっとちゃんと触れられた。すごく嬉しい）

まるで、恋しているような——思いがけない思考に戸惑っているうちに、大和が照れ臭そうに目を細めた。

「……なんだかデートみたいだよな」

「あっ、うん、そうだね」

「って、デートなのか。恋人じゃなくてもう夫婦だけど」

大和はチョコレート色の瞳を亜芽里に向けた。その顔はいつになく嬉しそうだった。

「俺、ずっと亜芽里と彼氏彼女の関係でデートしたかったんだ」

「えっ……」

「だから、夢が叶って嬉しい」

大和は膝の上で手を組みリュクサンブール宮殿を眺めた。

「俺、君がずっと好きだったんだ。中学生の頃からずっと」

「大和君……」

亜芽里の心臓が早鐘を打ち始める。

「亜芽里を避けていたのも、亜芽里に気持ちがバレたくなかったからで」

「私、やっぱり避けられていたんだ……」

「だって、触られたらバレるからさ。亜芽里は誰かが恋をしているっていうのも触ればわかるんだろ？」

「うん。その人が相手のことを考えていればだけど」

「じゃあ、危なかったな。亜芽里のそばにいると、ああ、好きだなとしか思えなかったし。」

それだけじゃない。頬に触れて、キスをして、それ以上の関係になりたいとも。もう、完全にヤバい童貞の思考だよな」

中学二年生の頃に亜芽里への恋心を自覚して以来、嫌われるのが怖くてなるべく離れようとしていたと、そっと目を伏せて大和は言った。

「亜芽里が俺をなんとも思ってないってわかっていたから。それくらい、テレパシーなんて力がなくてもわかる」

気心の知れた幼馴染みという関係を壊してしまうのが嫌だったのだという。

亜芽里はてっきり大和は暁生のために結婚したと思い込んでいたので、思いがけない告白に目を瞬かせつつも、首を横に振って大和の発言を否定した。

「そんな、私が大和君を嫌うなんてないよ」

「うん、亜芽里はそんな女じゃないって知っていたけど、それでも好きだってバレて警戒されたくなかった。亜芽里にとって俺は幼馴染みで、家族みたいなものだっただろう？その距離感って男には残酷だぜ」

「……」

確かに、大和と久しぶりに再会するまではずっとそんな意識だったと思う。

「何度も諦めようと思ったんだけど無理だった……」

だったら、もうバレてもいい関係になろうと開き直ったのだという。放っておけば亜芽里にいつ彼氏ができるかわからない。ずっとビクビクするくらいなら、自分のものにしてしまおうと決めたんだ、と声を落とした。

チョコレート色の瞳が亜芽里を捉える。

「だから、父さんを利用して結婚に持ち込んだんだよ。……軽蔑する？」

亜芽里は大和がそこまで自分を好きだったと知り、思いの強さに戸惑ったものの、同時に心がむず痒くもなった。

——大和君、私を好きでいてくれたんだ。プロポーズしてくれたのはおじさんのためだけじゃなかったんだ。

「軽蔑なんてしないよ。ちょっとびっくりしたけど」

頬と心の奥がほんのり温かくなる。

——あっ、私、嬉しいんだ。

「だから……気にしないで。ありがとう」

大和は苦笑し亜芽里の肩を抱き寄せた。

「亜芽里ならそう答えると思っていたよ」

「いや、気を遣っているわけじゃ……って、や、大和君？」

まるで恋人同士のような——いや、もう夫婦だ——いつにない大和の行動にドキリと心臓が鳴った。抱き寄せられた肩から大和の心の声が流れ込んでくる。

（好きだよ）

ドキリとした次の瞬間、不意に耳たぶを軽く囓られた。

大和は続いて声に出して囁く。

「そんな優しいところも全部」

「ひゃっ……」

「だから、俺に付け入られるんだ」

最後に「もう逃がさないから」と耳のそばで低く囁かれ、その後パリの曇り空の下でそっと二度目のキスをされたのだった。


予約したホテルは映画の舞台にもなったところで、ヴァンドーム広場の十五番地にあった。バルコニーからはパリの街並みが見渡せる。

生まれて初めて海外のホテルに宿泊する亜芽里には、スイートルームが宮殿の一室のように思えた。

オフホワイトとゴールドを基調とした内装で、煌びやかなシャンデリアは舞踏会の開催される大広間のようだ。アンティーク風のバルコニーも暖炉も大鏡も、亜芽里にとってはお伽噺の姫君に相応しく思えた。

もっとも、姫君はダブルベッドなど使わないのだろうが。

──ど、どうしよう……。

亜芽里はベッドに腰かけ、膝の上で拳を握り締めた。軽く体を洗い流したばかりで、素肌に備え付けのガウンを羽織っただけなのだが、空調が効いているのか、あるいは緊張しているからなのか寒いとは感じない。

午後九時五十分現在、大和はバスルームでシャワーを浴びている。夕食を終え、シャワーを浴び、その後男女が同じベッドに横になって、やることといえば一つしかなかった。

──私、キスですら結婚式までしたことがなかったんだよね。

当然、セックスなど経験があるはずもない。

……これで大和君とちゃんとできるの？

もちろん、何も知らずに挑戦するつもりも、興味がなかったわけでもないので、知人、友人やメディアからある程度の事前知識は仕入れている。

それでも、うまくやれる自信はまったくなかった。

──自信がないなんて言っていられない。頑張らないと大和君に悪いし……。

「──亜芽里」

不意に名前を呼ばれビクリとする。

恐る恐る振り返ると、ガウンを身に纏った大和が佇んでいた。前髪がお湯で濡れ、額とチョコレート色の瞳に影を落としている。ガウンの合わせ目からは文学青年とは思えない、しっかりと厚い胸が見え隠れしていた。

「待った？」

「う、ううん。大丈夫」

心臓が早鐘を打ち始める。

大和は亜芽里の隣に腰かけ、「このホテル、気に入った？」と尋ねた。

「もちろん。ココ・シャネルが住んでいたところだよね」

「そう、映画の『ダ・ヴィンチ・コード』の舞台にもなっている」

「あっ、見たことがある。ルーブル美術館も出ていたよね」

「キリストの子孫と聖杯を巡るストーリーだな。俺、あの小説版が大好きなんだ。亜芽里は読んだことはあるか？」

「うん、昔一度だけ。なんとなく覚えているよ」

大和は書くだけではなく読むのも好きだ。亜芽里も趣味の一つが読書だった。高校進学以降大和とあまり会わなくなっても、電話なりメールなりＳＮＳなりで感想を伝え合っていた。

「あっ、だから、ルーブル美術館に連れていってくれたんだ」

「うん。明日、サン・シュルピス教会に行くだろう。そこも『ダ・ヴィンチ・コード』の舞台」

「わっ、楽しみ！　解説してくれる？」

「もちろん」

その後も笑い合いながら明日の予定を語り合う。やがて時計の針が夜十時を指したタイミングで、なんとなく目が合い沈黙が落ちた。

「亜芽里……」

不意に顎を摘ままれドキリとする。熱の籠められた切なげな眼差しがすぐそばにあった。心臓が破裂寸前になり、亜芽里は思わず大和の胸を押した。

「や、大和君、ま、待って……」

「待つってどれくらい？」

「それは……」

答えあぐねて目を伏せる。

——だ、だって……なんて答えれば……。

大和はその間に「じゃあ、十秒待つよ」と提案した。

「えっ……」

「十、九、八、七、六、五……」

「や、大和君、なんだか早くない？」

「四、三、二、一……はい、終わり」

次の瞬間、腰を攫《さら》われベッドに押し倒された。

「きゃっ！」

軽い衝撃に悲鳴を上げる。

大和は亜芽里のガウンの腰帯をするりと解いた。

「あっ……」

合わせ目がはだけ、ふるりと揺れる白い乳房が露わになる。弾力があり仰向けとなっても潰れず、頂はほんのり薄紅色に染まっていた。

「亜芽里、やっぱり胸大きかったんだな」

大和は手のひらで亜芽里の左胸を包み込んだ。

（うわ、エロい。無茶苦茶柔らかい。こんな胸を俺が初めて触るなんて。感動）

「……っ」

大和の心の声が聞こえてしまい、恥ずかしさに思わずかたく目を閉じる。

「お、願い。そんなこと言わないで……」

「えっ、俺、何か言った？」

「その、心の声の方……」

大和は目を見開いていたが、やがてぷっと噴き出し、「それは無理だ」と笑った。

「この状況で何も感じないとか、男ならありえない」

やわやわと乳房を揉み込み、手の中で変わる形を楽しんでいる。

「恥ずかしがることなんてないって。すごく綺麗なのに。それに、一緒に風呂に入った仲じゃないか」

「あ、あれは幼稚園の頃でっ……」

次の瞬間、言葉ごと唇を奪われ、驚いて目を見開いた。強引にこじ開けられ、驚く間もなく熱く、ぬるりとしたものが口内に滑り込む。

「んっ……」

舌先が一匹の生き物のように、亜芽里の歯茎をなぞる。溶けてしまいそうな気がして、逃れようと思わず身を捩らせるが、伸しかかった大和の重い体がそれを許さなかった。

心身がメッセージを放っている。

(逃がさないよ、亜芽里)

「……っ」

舌を絡め取られ唾液を吸い取られる。淫らな濡れた感触を舌で感じ、舌の表をざらりと撫でられると、首筋から背筋にかけてがぞくりとした。

——な、に、これ……。こんなキス、知らない……。

誓いのキスのような触れるか、触れないかの口付けではない。もっといやらしく亜芽里の官能を掘り起こそうとしている。

「はっ……」

ようやく唇が離れ、大きく息を吸い込もうとする。しかし、大和はそれを許さず再び亜芽里の唇を塞いだ。

「んんっ……」

大和の胸に手を当て、必死に押し戻そうとするが、大和の大きな体はびくともしない。

それどころか、亜芽里の手をシーツに縫い止めてしまった。

唾液が入り交じりどちらのものかわからない。耐え切れずに飲み下してしまう。なのに、嫌悪感があるどころか、媚薬を口にしたかのように体が熱くなった。

再び舌を捕らえられる。舌先をちゅっと音を立てて吸われると、軽く目の前に火花が散った。快感と息苦しさとの両方で涙がじわりと滲み出る。

――わ、たし、どうしたの。気持ちいい……。

腹の奥がずくずくと疼く。亜芽里は思わず腰を捻った。

大和が顔を上げ亜芽里の火照った頬を撫でる。

「もしかしてキスも経験なかった？」

「……」

嘘を吐いても意味がないので、涙目で小さく頷く。

「結婚式がファーストキスで……へ、下手だったら、ごめんね」

（ヤバい。燃える……。ベッドの中でこんなに可愛いってあり？）

大和は顔中にキスの雨を降らせた。

「あっ、大和くっ……」

「怖がらせないようにするつもりだったんだけど、ちょっとセーブ利かなくなったらごめん。でも、絶対に気持ちよくなるようにするから」

「セーブって……」

どういうことなのかと尋ねる前に、今度は右の乳房をぐっと摑まれた。

「あっ……」

力強く揉み上げられ熱い息が喉の奥から漏れ出る。手のひらに頂が押し潰されると、その中央に芯が立ったような気がした。

「やっ……あっ……」

胸から腹、腰にかけて痺れにも似た感覚が広がっていく。痺れは熱となって亜芽里の肌を火照らせた。

「や、大和く……んんっ」

前触れもなく口付けられ、強く吸われて身震いする。

「んっ……うっ……んんっ」

（声、可愛い……もっと聞きたい）

唇と胸を同時に刺激され、体の内側から溶けていきそうだった。

大和に鷲掴みにされた乳房の中央が、ピンと立って熱を持っているのがわかる。同時に、柔らかな両足の狭間——まだ誰にも触られたことのないそこが、じわりといやらしく潤い出した。

「嫌じゃない？」

大和に尋ねられ「だ、大丈夫」と震える声で答える。

「嫌じゃないから」

そう、濡れたキスも愛撫も嫌ではなかった。

大和は亜芽里の体が開いてきたと知ってか知らずか、唇を首筋へ這わせてその肌を味わった。

「いい香りがする。香水でも石鹸でもないな。なんの香り？」

「そ、れは……っ」

ずっと切り花や鉢植え、観葉植物の手入れをしてきたので、その香りが染み付いているのだろうと思う。だが、そう答える前にガウンを取り払われ、左の乳房に唇を落とされた。

「やんっ」

熱い唇がかたく凝った頂を吸い上げる。

「あっ……大和君……そんなの……あんっ」

右の乳房に与えられる刺激に加え、左の乳房を鷲掴みにして揉み込まれると、乳房のみならず体中が甘く痺れた。

力の抜け落ちた足が小刻みに震えるのを感じる。続いて左の乳房の頂をきゅっと捻られ、悲鳴に近い喘ぎ声を上げてしまった。

「だめっ……。……あっ……あっ……」

大和が両手で乳房を覆い隠しぎゅっと押し潰す。痛みと快感は紙一重なのだと亜芽里はこの時初めて知った。

「や、まと君……」

「気持ちいいか?」

(感じている顔、もっと見たい……)

「……っ」

今自分がどんな顔をしているのかを、テレパシーで知ってしまい、ますます頬も体も熱くなる。更に聞こえてきた心の声にドキリとした。

(俺にも心の声が聞こえたらいいのに。亜芽里一人分だけでいいから。だったら、どこにどう触ってほしいのか、気持ちいいのか、全部わかるのに)

「……っ」

こんな淫らな真似をしておきながら、不安を覚えているのだと知って驚く。また、心の

声が聞こえない大和には、相手の気持ちがわからないのが当然で、言葉で伝えなければならないのだと気付いた。

気持ちいいと素直に吐き出してしまえば、大和も自分も楽になるのだろうが、長年の幼馴染みにあられもない姿を見られているのかと思うと、羞恥心が勝って涙で潤んだ目で大和を見上げることしかできない。

「ご、ごめ……大和君」

「えっ、どうして謝るの」

大和は亜芽里を見下ろし、「ヤバい」と形のいい眉を寄せた。

「そんな可愛くてエロい顔、するなよ……。もう、頭から全部吹っ飛びそう……」

体を起こしガウンを脱ぎ捨てる。

亜芽里は生まれて初めて見る生身の男の肉体に目を見開いた。

細身だが肩にも上腕にも筋肉がしっかりついており、胸板は鋼のようで押してもびくともしないのも当然だった。腹部は引き締まって筋肉で割れており、文学青年風の知的で落ち着きのある雰囲気からは、想像もつかないほど逞しかった。

だが、亜芽里の目を釘付けにしたのは、黒い茂みからそそり立った大和の雄の部分だった。

「……っ」

その赤黒さと大きさに息を呑む。

――こ、わい。

あの落ち着きがある大和の一部だとは思えなかった。逸物だけではなくチョコレート色の瞳にも、ギラギラとした欲望の光が輝いている。幼馴染みの――いや夫の雄としての一面に慄く。

再び大和に伸しかかられ、ついいやいやと首を横に振ってしまう。

「や、大和君、待って……」

「ごめん……もう待てない」

(今すぐ亜芽里を俺のものにしたい。俺だけのものだって、体に刻みつけてやりたい)

実際声にした台詞と心情が一致する。その激しさに亜芽里は恐れ戦いた。

「大和くっ……」

大和は亜芽里の右の乳房にむしゃぶりつき、赤ん坊のようにちゅうちゅうと音を立てた。あまりに熱心に吸われたので乳が出る錯覚すらあった。

「あっ……やっ……」

すでに両方の乳房には大和の指の痕が赤く付いている。そこに、更にキスマークが加わっていった。

手と唇での愛撫が乳房から腹部へ移る。痛みを覚えるほど強く吸われ、赤い痕が付けられるのを目にし、亜芽里は恥ずかしさのあまり顔を覆ってしまいたくなった。

「大和君の……意地悪」

「意地悪って何が？　これでも、頑張って、優しくしているつもりなんだけどな……」

（本当は、確かにちょっと意地悪しているけど。いいや、ちょっとじゃないかな）

「……っ」

大和も亜芽里に心の声を聞かれていると知って、あえて真逆の発言をしているのだろう。いつもの大和とベッドの中の大和の印象の違いに混乱する。ベッドの中では不安になったり、情熱的になったり、意地悪になったりと、様々な側面を見て混乱した。

「だって……」

キスマークは当分取れないだろう。今後着替えや入浴のたびに、大和に抱かれたのだと思い知る羽目になる。

大和は苦笑して亜芽里の耳元に囁いた。

「でも亜芽里、これから毎日俺に抱かれるのに、そんなこと気にしていられないだろう？」

「えっ、毎日……？」

こんな淫らでいやらしい真似を毎日するなど想像もできない。

「だって、ずっとこうしたかったんだ」

（いつも亜芽里を抱きたいって思ってた）

「……っ」

身も心も激しく求められ、恥ずかしいだけではない。喜びに胸が熱くなる。

――ああ、私、やっぱり嬉しいんだ。

ぐっと大和に引き寄せられるのを感じる。

「大和君……」

だが、亜芽里が気持ちを口にする前に、今度は臍の周りを舌でなぞられた。そんなところは自分でも弄ったことはなかった。なぜ大和が敏感だと知っているのかわからない。

「あっ……やんっ」

体がベッドの上で軽く跳ねる。だが、すぐに体を押さえ付けられ、膝で足を割られて目を見開いた。

「や、まと君っ……」

反射的に閉じようとしたのだが、力で敵うはずもなく押し広げられる。大和は右手を滑り込ませ、長い指先で亜芽里の栗色の淡い茂みを掻き分けた。

（亜芽里って髪だけじゃない。ここの毛も栗色なんだ。へえ、結構綺麗に手入れしてある。……俺のためだったら嬉しいな）

「……っ」

この心の声には羞恥心が五割増しになった。確かに、ドレスが似合うように、初夜が恥ずかしくないようにと、結婚前ブライダルエステや脱毛に励んだからだ。

「あっ」

ぷっくりした花芽に触れられ亜芽里の目が大きく見開かれる。軽く触れられただけなのに、体がベッドから跳ね上がるほどの、凄まじい感覚があった。

「大和くっ……駄目っ……あっ……そんな、とこっ……」

きゅっと捻られると腹の奥から熱が溶け、蜜となって漏れ出し大和の指先を濡らした。

「亜芽里、感じてる？」

「……っ」

感じるも何も指で弄られているだけなのに、腹の奥がマグマのような熱を生み出しつつある。

「声も出ない？　じゃあ、何が起きているのか説明するよ。亜芽里のここ……今俺が触っているところ、赤く腫れてすごくいやらしい……すごくそそられる……」

大和は亜芽里のことしか考えられないのだろう。心の声もすべて同じだった。亜芽里の全身がかっと熱くなる。

「や、そんなこと、言わないで……」

「どうして？　褒めているのに。亜芽里なら花の色に喩《たと》えるんだろうけど、そうだな……。

ガーネットみたいな色。ガーネットって柘榴石《ざくろ》とも言うんだけど、柘榴ってすごくエロくないか？」

「……っ」

亜芽里の脳裏に熟れてぱっくり割れた深紅の果実が浮かぶ。一度も口にしたことはなかったが、きっと女の蜜のように甘く、酸っぱいのだろうとぼんやり思った。

「亜芽里、何を考えている？　今夜くらい、俺のことだけ考えて」

「あっ……」

蜜を纏わり付かせた大和の指先が、花弁の輪郭をなぞり蜜口へと滑り込む。

「やんっ」

くちゅりと粘り気のある音がしたかと思うと、亜芽里の体の中心を細くかたい何かが貫いた。

「……っ」

「亜芽里の中、すごく熱い……ぬるぬるしていて……」

「や、あっ……」

大和の指先は亜芽里のより奥へと入り込み、時折内壁を掻いて亜芽里を身悶えさせた。

「そ、こ、駄目えっ……」

「そこって、ここ？」

「あっ……だから、駄目ってえ……」

不意に大和の指が引き抜かれる。

「ああっ」

内壁を擦られる感覚に亜芽里は喉を反らした。

あれほど駄目だの嫌だのと訴えていたのに、物足りなさを覚える自分に赤面する。

だがやがて、続いて来た刺激によって、それまでの愛撫はよほど楽だったのだと思い知ることになった。

「亜芽里……」

大和が亜芽里の手首を押さえ付けたかと思うと、蜜口に指とは比べものにならない質量とかたさの、熱く滾ったものが押し当てられたからだ。

(亜芽里……好きだ。ああ、もう、壊しちまいたい。そうすれば)

「大和くっ……ああっ」

蜜口を押し広げられる感覚に、亜芽里は背を仰け反らせて喘いだ。

「あっ……そんな……」

引き裂かれる痛みと圧迫感に息もできない。目には涙が盛り上がり、シーツに零れ落ちシミを作った。

——い、痛い……！

「……狭いな」

大和は端整な顔を歪めた。慣らすつもりなのか、押しては引き、引いては押して徐々に亜芽里の隘路へと侵入していく。

「あっ……あっ……」

亜芽里はその間シーツを摑み、ただ口をパクパクとさせていた。圧倒的な感覚に目を閉じることもできなかった。

「ああっ……あっ……や、まと、くん……」

身を捩ると涙が汗の浮いた大和の逞しい胸に飛んだ。次の瞬間、大和は亜芽里の抵抗を抑えながら、ぐっと腰を突き上げ屹立を体内に押し込んだ。

「あ……あっ！」

強烈な違和感に思わず首を横に振る。炎に焼かれた杭で貫かれたのかと思った。それほど、中でドクリドクリと脈打つ大和の分身は熱かった。

——い、たい……あつい……。

なのに、亜芽里の体はその意思とは裏腹に、大和をくわえ込んで離さない。内壁の襞が大和の逸物に絡み付くのを、亜芽里自身も感じ取っていた。

——な、に、これ……。知らない……。私、こんなこと知らない……。

自分の反応が信じられずに息を吞む。

見上げれば、大和は大きく息を吐き、熱っぽい目で亜芽里を見下ろした。額にはうっすら汗が浮かび、チョコレート色の瞳には前髪と睫毛の濃い影が落ちている。

「亜芽里……」

薄い唇から漏れ出た声は掠れており、大和も興奮しているのがわかった。

「亜芽里、好きだ」

「あっ……」

ズンと奥を突かれて悲鳴を上げる。

「や、まと……あっ」

大和の分身は亜芽里の内壁を擦って新たな熱を生み、纏わり付く蜜とともにその欲望を押し込んだ。

「あっ……やっ……あっ……っ！」

奥を突かれたかと思えば引き抜かれ、時折抉られて悲鳴交じりの嬌声を上げる。大和の分身を奥まですっぽりと呑み込み、なお貪欲に求める自分の体が信じられなかった。

――し、らない。こんな私、知らない……。

大和は行為に夢中になっているのか、全身で触れ合っていても心の声が聞こえない。そして、そのチョコレート色の瞳は熱っぽく溶け、亜芽里だけを見下ろしていた。

隘路を蹂躙されるごとに、電流が子宮から脳髄を走って全身が痺れる。体の中から焼け焦げてしまいそうだった。

大和が切れ長の目を細める。額から零れた一滴の汗が、動きに合わせて揺れる胸の谷間に落ち、肌にうっすら浮かんだ亜芽里のそれと混じった。

「亜芽里、嬉しいよ。感じてくれて」

「か、んじてなんて……」

「いつも素直なのに、ベッドの中では意地っ張りなんだな……そんなところも可愛いけど」

（可愛い……。ああ、可愛いな）

大和は体を倒して亜芽里を貫く角度を変えた。

「あんっ」

弱い箇所を刺激され、亜芽里の体がびくりと震える。

「だ……め、そこ……」

「うん、どこが駄目だか教えて？」

「あっ！　あっ……ああ……」

亜芽里は無意識のうちに大和の腰に足を回していた。快感に薄紅色に染まった爪先がピンと立つ。

大和は亜芽里の官能を更に掘り起こそうとするかのように、鎖骨に口付けたかと思うと軽く歯を立てた。
もはや痛みすら快感に変換され、亜芽里は大和の腕の中で身を捩る。
「や、まとくんの……意地悪」
こんなに意地悪だなんて知らなかったと訴えると、大和は「悪い」と苦笑しつつ謝り
「亜芽里にだけだ」と囁いた。
「優しくするのも意地悪になるのも亜芽里にだけだから」
だから、許してほしい――大和は一層腰の動きを激しくした。深く繋がる箇所が泡立ち
淫らな音を立てる。
時折頬にかかる大和の吐息に、また溶かされそうになりつつも、亜芽里は大和の肩に手
を回した。
「や、まとくん……大和君……」
息が絶え絶えになり名前を呼ぶのが精一杯だ。もう「嫌だ」も「駄目」も口から出てこ
なかった。
「亜芽里……！」
体と体が密着し乳房が押し潰される。かたく尖った頂もひしゃげ、その感覚に体を仰け
反らせるのと同時に、最奥にまで腰を進められた。
接合部がカッと熱くなる。その熱が一気に脳髄までをも貫き、全身が引き攣ったかと思

うと、その体勢のままかたまり、最後に目の前が真っ白になった。

「……っ」

声にならない声が上がる。亜芽里は弱々しく手を上げたが、間もなくシーツにパタリと落ちた。

続いて、最奥を探っていた大和が低く呻く。亜芽里は腹の奥がじわりと熱くなるのを感じた。

――あ、つい……あつい……。

大和の熱が子宮に染み込んでいく。

「あ……あっ」

体の奥を犯される感覚に身震いする。

大和は肩で大きく息を吐くと、熱を押し込むように二、三度腰を突き入れ、やがて亜芽里の胸の谷間に顔を埋めた。

「亜芽里、好きだ」

もう愛の囁きに答える気力も残されていない。だが、なぜか腕が動いて大和の頭を包み込む。肌に触れる大和の髪は思っていたよりも柔らかく、さらさらだった。


生花店の従業員の朝は早い。

花市場で仕入れをする場合、仲卸業者が午前四時頃から開店なので、それまでにトラックや容器等の手配をしなければならない。

だから、亜芽里は三時起きも苦ではなかった。

――今日って金曜日だったよね。仕入れに行かなくちゃ。

体を起こしてううんと背伸びをし、妙に肌寒い気がして首を傾げる。

――昨日、暖房かけずに眠ったんだっけ……って⁉

ベッドサイドランプは可愛らしくもラグジュアリーなロココ調で、どう見ても自分の庶民な部屋のインテリアではない。その淡いオレンジの光に照らし出された体には、いくつもの赤い痕が散っていた。

幸か不幸か寝起きはいい方なので、すぐに昨夜の出来事を思い出し一人頰を染める。

――そうだった。私、大和君と結婚して、昨日初めての夜だったんだ。

初めこそ怖かったし痛かったが、すぐに気持ちがよくなり、乱れて、喘いで、達したのを思い出す。恥ずかしすぎてベッドに顔を埋めたくなった。

――大和君はどうだったかな。気持ちよかったならいいんだけど……。

隣に横たわる大和は深い眠りの中におり、目覚める気配はまったくない。

ふと悪戯心が疼いた。

亜芽里はシーツに肘をつき、大和の前髪を搔き上げた。

――大和君ってやっぱり綺麗な顔しているな。確かに、小さな頃は女の子によく間違えられていたよね。変わった眼鏡をかけていたのも、それが嫌だったからだっけ。

今度は全体を七三分けにしてみる。噴き出しそうになるのを辛うじて堪えた。

――めっ……明治の文豪みたい。大和君、落ち着いているから似合いすぎる。

続いて、髪で角を作ってみたり、のび太の髪型にしてみたりと、さんざん遊んだ後で再び大和をじっと見つめた。

――私、昨日大和君に抱かれたんだなあ。

いまだにこの状況が信じられない。だが、昨夜の大和の愛の囁きは覚えていた。

『亜芽里、好きだ』

思い出すとまたキュンとする。

「大和君、私もだよ」

これからよろしくねとの思いを込めて、そっとその頬に口付け、ついでに鼻を摘まんだ。

「う……ん」

大和がくすぐったそうな顔をしたので、おかしくなってまた笑った。心の奥に温かい炎がぽっと灯った気がした。

明朝、二人はパリから八キロの距離にあるランジス市場へ向かった。

この市場は生鮮食品を扱う市場としては世界最大規模で、精肉、魚介、果物、野菜、生花、乳製品とカテゴリごとに展示館が分かれている。

業者であればチケットを買えば入場できるので、亜芽里は事前に旅行会社に手配してもらい、フラワーショップクレイの名前を使っていた。一定の金額以下の買い物なら旅行者扱いになるのだとか。ちなみに、大和はアシスタントということになっている。

大和は生花の本場に興味津々で、スマホでしきりに辺りを撮影していた。小説のネタにできればと考えているのだろう。

「世界一だけあって花だけでもとんでもない広さだな。一体どれだけの仲卸が入っているんだ」

会場内の壁際には看板の出た店舗がずらりと並び、コンクリートの地面には花を詰め込んだケースがところ狭しと置かれている。

青紫のグラデーションの紫陽花に、純白やマゼンタピンクの大輪のダリア。山吹色のスプレー薔薇と色の洪水に目がチカチカした。

「秋なのに結構花があるんだな」

「今は温室栽培もできるからね」

ある店の前で大和が何かに気付き足を止める。

「大和君、どうしたの？」

「ここの花ってまとめ買いじゃなければ駄目なのか？」

「お店によると思うな。でも、基本的には嫌がられるんじゃないかな」

「そうか……」

大和は「行こう」と亜芽里の肩を叩いた。

その後花だけではなく植物や資材エリアを回り、歩き疲れたのでそろそろ戻ろうということになった。

「結構時間取っちゃったね」

「戻ったらすぐに朝飯だな」

ところが、二人で出入り口まで来たところで、大和がなぜか立ち止まって考え込んでいる。やがて「ちょっと待っていてくれるか？」と身を翻した。

「えっ、どうしたの？」

「うん、どうしても買いたいものがあって。すぐに戻るから」

花には縁もゆかりもない大和が、一体何がほしいのかと首を傾げたものの、取り敢えず駐車場の片隅で待つ。やがて「亜芽里！」と名前を呼ばれ振り返った。

「お帰りなさい。大丈夫だった？」

「ああ。あと二十本しかなくて、中途半端に残したくないからって、おまけ付きで売ってもらえたよ」

「えっ……」

手渡されたのは飾り気のない薄茶の包装紙で包まれただけの、腕一杯の花束だった。驚きに目を瞬かせる。

「この薔薇、亜芽里のイメージそのままだったから」

花の中央が柔らかな淡いオレンジ色で、外側がサーモンピンクのふんわり可愛らしい薔薇だった。コーラルハートという四季咲きの薔薇だ。

「だから、どうしても贈りたくなって」

「大和君には私がこんな風に見えるの？」

大和は小さく頷いた。

「俺には心の声は聞こえないけど、亜芽里はこんな風に優しい女だって知っているよ」

「大和君……」

胸が温かい思いで満たされる。花はなんでも好きだったが、これからはコーラルハートが一番になりそうだ。

「……ありがとう」

大和は微笑んで亜芽里を見下ろしていた。

「亜芽里からすれば俺は幼馴染みでしかなくて、いきなり結婚なんてことになって戸惑っていると思う。……今すぐ愛してくれとは言わない。だけど、時間をかけてでいいから、いつか俺を見てほしい」

「……うん」

照れ臭くて目を合わせられない。もう振り向いているよとは、とても言えなかった。

「じゃあ、行こうか」

大和は当たり前のように亜芽里と手を繋いだ。その仕草にときめいて、亜芽里は心臓がドキドキするのを感じた。

（……ああ、やっぱり好きだな）

そんな心の声が聞こえるのも一因だった。

＊＊＊

亜芽里が照れ臭そうに俯いている。だが、手を繋いで悪い気はしないらしい。

その表情を見て大和は胸を撫で下ろした。

——よかった。嫌われてはいないみたいだ。

昨日少々強引に抱いてしまったので、避けられないかと不安だったのだ。いくら結婚していようが、心が離れてしまえばどうにもならない。亜芽里の場合は特にそうだ。

——絶対に逃げられたくないし、逃がさない。

やっと手に入れたのだからと自分に言い聞かせる。

亜芽里の手はその心と同じように温かく、ずっと握っていたくなった。

――……亜芽里は変わらないな。

いい意味で幼い頃からおっとりとしたままだ。

大和は亜芽里への恋心を自覚するまでの日々を思い出した。


亜芽里とは生まれた産院まで同じで、幼馴染みを通り越して兄妹のような仲だった。互いの家に遊びにいくのは日常茶飯事。両親が子どもを預け合うのもしょっちゅうだった。

そんな亜芽里が持つ不思議な力に気付いたのは、幼稚園に入園して間もない頃のこと。

自宅前の通りで二人で縄跳びをしていると、中年の男性が近付いてきた。男性は迷わず大和に声をかけた。

『大変だ。君のお母さんが車に撥ねられたんだ』

『えっ、お母さんが？』

『すぐに病院へ行こう。俺が送ってあげるから』

男性は大和の手を取り連れていこうとしたのだが、亜芽里が「待って！」と声を上げて男性の腕を摑んだ。男性がぎょっとして目を見開く。

『なんだ、こいつ』

亜芽里は大和を守ろうとするかのように、身を震わせながらも大きく両手を広げ、男性を睨み付けつつ立ち塞がった。

『大和君、絶対に行っちゃ駄目。この人、おかしい。大和君に怪我させるつもりだよ！』

男性の目が大きく見開かれる。

「こ、こいつ何おかしなことを……」

そこに、亜芽里の母の礼子が現れた。

『亜芽里、大和君、そろそろお昼ご飯……って、どなたですか？』

男性がびくりと身を震わせる。

『お母さんっ！　そのおじさん、怖い人なの！　捕まえて！』

『……っ』

礼子が事態を把握できずに目を瞬かせる間に、男性はちっと舌打ちをして走って逃げた。

のちにその男性は逮捕され、ニュースやワイドショーを賑わすことになる。

当時の大和と同じ年頃の子ども、それも見た目の可愛い女児を誘拐、監禁し、うち一人を殺害していたからだ。

亜芽里に促され礼子が通報したことが、犯人逮捕の手がかりとなった。

大和は女児に間違われたことにショックを受けつつも、なぜその男性が危険な人物とわかったのかと亜芽里に尋ねた。

亜芽里は不思議そうに首を傾げこう答えた。

『だって、あのおじさんがそう言っていたから。〝今度はこの子を攫ってやろう〟って』

『えっ、そんなこと言っていたっけ？』

『うん。心の声で』

『こ、心の声……？』

初めは何を言っているのか理解できなかった。

要点を整理して一つ一つ質問していくうちに、亜芽里は人間に接触することで、その心の声が聞こえるのだと判明した。つまり、接触テレパスという能力だ。

『えっ、大和君には聞こえないの？』

亜芽里にとっては当たり前らしく、体のどこかに触れさえすれば、その人物の考えていることがわかるのだという。

『面白いんだよ。お父さんはお母さんと私とお花のことばかり考えていて、お母さんもお父さんと私とお花のことばかり考えているの』

大和は便利だと感心するのと同時に、亜芽里の力は危険だと感じた。

つまり、亜芽里は人間の本心を見抜くのだ。作り笑いも威嚇も仮面を被っても通用しない。

人の世は五割、あるいはそれ以上が嘘と誤魔化しで成り立っている――大和もまだ幼かったものの、そうした真実をなんとなく理解していた。

だから、亜芽里に忠告したのだ。

『亜芽里ちゃんが心の声を聞けることは、僕と亜芽里ちゃんだけの秘密にしておこう』

『えっ、どうして？』

悪人は自分が悪人だとバレるのを嫌がる。万が一亜芽里に見抜かれたと知られれば、危害を加えないとも限らないからだとは、亜芽里を怖がらせたくないので言えなかった。何より、そうした能力を利用しようとする輩もいるかもしれない。

（そうだ。僕が守ればいいいんだ）

大和は決意を胸に頷いた。

（亜芽里ちゃんが僕を守ってくれたように、今度は僕が亜芽里ちゃんを守ればいい）

大和は女の子のように可愛い顔立ちで、かつ成長が遅く小柄だったからか、小学校では同級生の男子たちにからかわれ、時には虐められることすらあった。

中学生になって近眼が悪化して眼鏡をかけるようになってからは、読書好きでしょっちゅう本を読んでいたのもあるだろう。「オタク」と弄られクラスのカーストでは最底辺にいた。学校に通うのがやっとで、亜芽里を守ることなどできなかった。それどころか、逆に亜芽里に庇《かば》われることになる。

亜芽里は面白がって大和を弄る男子を、よく「そんなことをやっちゃいけないよ」と諭した。

『あなただって意地悪されたくはないでしょう？』

いつもふんわりと笑っていて、誰にでも優しい亜芽里が悲しそうな顔をすると、意地悪している男子はどうも決まりが悪くなるのだろうか。あるいは嫌われるのが怖いのか、「女に庇われるとかだせえ」と憎まれ口を叩きつつも退散した。

――情けなかった。

同時に、胸がモヤモヤするのを感じた。

（亜芽里ちゃんも僕を弱虫だと思っているんじゃないか）

そんな自分は嫌だった。亜芽里に頼られ、亜芽里を守れる男になりたかった。

その思いが決定的となったのは中学二年生の頃だ。

大和は幼稚園の頃から日記をつけるのが好きだったが、小学生になると興味が創作に移り、中学校に入学すると小説を執筆するようになっていた。

ちなみに、ヒロインはいつも雰囲気がふんわり、性格はおっとりした少女になり、亜芽里に似てしまうのが悩みのタネだった。いつも「優しい笑顔が可愛い」と書いてしまう。

いつもは自宅で執筆していたが、その日は学校でも書き続けていた。

締め切りが迫っている児童文学賞に応募しようとしていたからだ。刑事の父親を持つ少年が主人公の学園ミステリーだった。

ところが、昼休みにもうじき書き終わるというところで、いじめっ子たちに原稿を取り上げられてしまったのだ。

『おい、こいつ、何か書いてるぜ！』

『なんだこれ、小説？』

『いつから大先生になったんですかあ？』

いじめっ子たちは大笑いで大和の小説を朗読した。

『〝確かに、幽霊は開かずの扉の前に現れたが、あれは本当に幽霊だったのか。ならば、なぜ影があったのか。アキラは当時の影の長さと日の高さを再現し、幽霊の身長を割り出そうと考えた〟』

ところが、いじめっ子の朗読は一ページも読むことなく終わった。何者かが背後から原稿を取り上げたのだ。

『おい、何するんだよ！』

いじめっ子は抗議の声を上げて振り返り、次いで「なんだ」と亜芽里に向かって手を差し出した。

『呉井かよ。それ、返せよ。今クライマックスなんだからさ』

だが、亜芽里は無言のまま原稿を抱き締めている。

『おい、早くしろって』

『……絶対に返さない』

亜芽里はいじめっ子のリーダーをきっと睨み付けた。穏やかな亜芽里には珍しい強く激しい眼差しだった。

『あなたたち、どうしてこんなにひどいことができるの』

声が低くなったわけでも怒鳴っているわけでもない。なのに、大和は亜芽里の背後に激しく燃え上がる炎を見た気がした。

亜芽里の怒りに共感したのだろうか。女子の一人が「そうよ！」と声を上げた。

『小説を書いて何が悪いの。作文ができるってことじゃない』

『やっていいことと悪いことがあるだろ』

『返してやれよ。というか、お前らいい加減調子に乗りすぎってわかってる？』

形勢が逆転しただけではなく、味方がいないのに気付いたのだろう。人間は、特に子どもは残酷な生き物だ。いじめっ子の取り巻きの一人が、「いや、俺は読んだわけじゃねーし」と後ずさった。

一人、また一人と取り巻きが消え、いじめっ子は最後の一人と周囲を見回した。

『おい、どうしたんだよ。これくらいで』

まだ自分を睨み付ける亜芽里と目が合い、気まずそうに視線を逸らして捨て台詞を吐く。

『あー、もう、わかったって。ったく、お前らマジになるとかだせえな』

だが、クラス全員に嫌われた精神的なダメージは大きかったのだろう。もうじき昼休みが終わるというのに、さっさと教室を出ていってしまった。

亜芽里はその背を見送り、ずっと緊張していたのだろうか、体の力を抜いてほっと息を吐いた。呆然とする大和に「はい、これ」と原稿を手渡す。

『……亜芽里ちゃん、ありがとう』

情けないことに、こう返すのがやっとだった。

『大和君、小説書いていたんだ？　すごいね』

『うん、推理ものが好きで』

亜芽里は彼女らしいふんわりとした笑みを浮かべた。

『いつか読ませてくれる？』

『それはもちろん――』

大和は原稿を受け取る瞬間、花の手入れで荒れたその小さな手が、かすかに震えているのに気付いた。亜芽里も怖かったのだとはっとする。

（亜芽里ちゃんは人の心の声が聞こえるんだ。きっと、いじめっ子や先生たちがどんな中身なのかもわかっている）

それでも、勇気を出して自分のために戦ってくれたのだ。

だが、いくら周囲の本心や悪意がわかったところで、学校生活で教師やクラスメートを避けて通ることなどできない。誰も信じられずに苦しく辛くなるかもしれない。

なのに、毎日を笑って過ごす亜芽里は、ただ穏やかで優しいだけではない。自分よりもずっと強いのではないか——途端に強烈な羞恥心を覚える。

(なのに、僕はどうだ。戦いもせず、黙ってやり過ごそうとして、そんな僕は亜芽里ちゃんから見てカッコいいか?)

そんなはずはないと唇を噛み締める。

(……僕はもう二度と言い訳はしない。大きく、強くなって、亜芽里ちゃんに相応しい男になる)

そのための第一歩だと、勇気を出して亜芽里に原稿を手渡した。

『いつかじゃなくてもう読んでもらってもいい?』

『えっ、いいの?』

『うん。亜芽里ちゃんもたくさん本を読んでいるから、意見を聞きたいなって思って。恥ずかしがって見せられない作品なんて、審査員の先生たちにも読ませられないし』

『わあ、ありがとう。楽しみ』

原稿を再び手にして朗らかに笑う亜芽里は、彼女が大好きなピンクのチューリップよりもずっと可愛かった。

この時、大和は亜芽里への思いが優しい幼馴染みへの思慕ではなく、恋なのだと自覚し、亜芽里を女性として意識したのだ。

ところが、大和の恋は自覚して間もなく立ち往生することになる。

以降、大和は持ち前の我慢強さと継続力を発揮して、食事量と運動量を増やし、体格向上に努めた。

その成果が出たのは中学二年生後半。周囲も驚くほどぐんぐん背が伸び、三年生になる頃には百七十三センチになったのだ。

クラスで一番高身長になった途端に、いじめっ子だけではなく皆の目の色が変わった。

それまで大和は「陰キャガリ勉」の立ち位置だった。ところが、背が伸びただけなのに、今度は「イケメンな上に勉強ができる」と、百八十度評価が変わり、一目置かれるようになったのだ。声変わりが始まり女の子のように高く澄んだ声から、低く掠れた、重低音の声になったのもあっただろう。

いじめっ子は二度と手出しをしなくなり、女子からは告白されるようになった。それまで大和は、いてもいなくてもいい扱いだったので、この変化には喜ぶよりも苦笑した。すっと心が冷えた気すらした。おかげで、驕り高ぶることもなく冷静に過ごせた。

(皆、簡単に外見に騙《だま》されるんだな)

ところが、一番騙されてほしい亜芽里の態度は変わらなかった。相変わらず誰にでも優しく、大和にも同じ態度を取る。

意識してほしくて呼び方を「亜芽里ちゃん」から「亜芽里」に変えても、気にした風もなく「呼び捨てもいいね」と笑うばかりだった。

（亜芽里は僕をどう思っているんだろう。ちょっとは好きでいてくれてるんだろうか）

逆に、接触すれば自分の恋心に気付かれるのだと思うと、以前のように気軽に手を繋いだり、肩を叩いたりなどということができなくなった。もっと亜芽里に触れたくなったのに、逆に触れられなくなったのが皮肉だった。

やがて受験を考える時期に差しかかった頃、気になる異性の話題になったことがあった。いつものように学校の図書館に出向き、テーブルを挟んで二人で勉強に勤《いそ》しむ。それからしばらく経って、不自然なタイミングでこう尋ねられた。

『大和君ってどんな女の子が好き？』

一瞬、亜芽里も自分に気があるのかと浮かれたものの、すぐに冷静さを取り戻して聞き返した。

『どうしてそんなことを聞くんだ？』

『えっと、それは……』

『友だちに頼まれたんだろ』

『……うん、ごめん』

大和と幼馴染みだということで、亜芽里は時折大和目当ての友人に、こうして彼女の有無や異性の好みを尋ねられることがあった。

大和はどうしたものかと内心溜め息を吐いた。

(この分だと男だとすら思われていないな)

幼馴染みという安定した関係をどう引っ繰り返し、この思いを叶えるべきなのか。一生気付いてもらえないくらいなら、いっそこの場で打ち明けようか。どうせ二人きりなんだからと勢いづいたところで、続いての亜芽里の一言に、すべての希望が打ち砕かれた。

『あっ、私も今好きな人がいるんだ』

一瞬、言葉を失う。

『大和君だけに聞くなんてずるいもんね』

『好きな奴って……誰なんだよ』

知らず声のトーンが一段低くなってしまう。

『うん、隣のクラスの溝口《みぞぐち》君』

溝口は二年生まで亜芽里と同じ図書委員だった。だから、知り合うところまでは納得できる。

しかし、背が高いわけでも、顔がいいわけでも、成績優秀というわけでもない。

『溝口の、どんなところが好きなんだ?』

やっとの思いで尋ね、返ってきた答えに愕然とした。

『溝口君、本が大好きな人で、いつも本のことばかり考えていて、すごく真面目でいい人なの。でも、私の片思いみたいなんだけど』

片思いだと聞いて胸を撫で下ろしたものの、安心している場合ではないと心のうちで頭を抱える。

(亜芽里は見た目や成績なんか関係ない。本当の性格で人を好きになるんだ)

男女ともに容姿や肩書きよりも中身を見てほしい——そう異性に求めがちだが、実際に中身を見られていることがわかると、とんでもなく傲慢な誤解だと気付く。

(つまり、俺は性格で溝口に負けているってことじゃないか)

容姿や清潔感、成績はある程度努力でなんとかなるが、中身——本質などそう簡単に変えられるものではない。

また、亜芽里が好きな男を教えてくれたのは、自分を長年の幼馴染みとして信頼し、居心地がいいからだとも理解できてしまった。

こんな状況で告白したところで、気まずくなるだけでは済まない。十四年かけて築き上げてきた関係も消え失せてしまうだろうと怖くなる。ずっとそばにいるうちに気持ちがバレてしまっても、今までのように仲良くいられないと恐れた。

(嫌だ。亜芽里を失うなんて)

なくすくらいなら離れた方がいい、とこの時には思ったのだ。だから、高校で進学先が別々となってからは、亜芽里を忘れようと、なるべく会わないように努めた。もっとも、亜芽里を傷付けたくはなかったので、完全に繋がりを絶ちきることはできず、電話やメッセージのやりとりはしていた。

ところが、恋心とは厄介な感情で、長く顔を見ていなければ見ていないほど、脳裏に亜芽里のふんわりした笑顔が鮮やかに浮かぶ。メッセージのやりとりの文末に、可愛い絵文字が付いていると、亜芽里の表情を当てはめて愛おしく思う有様だった。

可愛い子も性格のいい子もいくらでもいる。忘れるんだと思えば思うほど忘れられない。会いたい、触れたい、キスしたい、抱き締めたいと、欲望の暴走を抑えられなかった。

時折亜芽里と偶然近所で会うと、恋心がバレはしないかと冷や冷やした。なんとか彼女の前で冷静になれないか、心の声を隠せないかと、精神医学や心理学の研究論文を漁り、ある日ようやく一つの方法を編み出した。

呼吸を整えて心拍数を安定させてから、凪いだ青い海を思い浮かべるのだ。すると、亜芽里を目の前にしても冷静に対処することができた。そうすると亜芽里も心を読み切れないようだった。

一方、亜芽里は何も変わらなかった。相変わらずふんわりとした笑みを浮かべ、おっとりと日々を過ごしている。

高校を卒業して男子校から共学のW大学になると、異性と接触する機会が格段に増えた。大学のステータスと容姿でいくらでも女が寄ってくる。亜芽里を忘れられるのではないかと期待したが、どの女も好きだとは思えなかった。

(俺も亜芽里と同じくらい面倒だな)

苦笑するしかなかった。

そして、大学三年生の十月の終わりに、温め続けてきたアイデアを形にした作品が、あるミステリー小説の新人大賞を受賞した。

大賞受賞者はまだ二十一歳の大学生、しかも、見映えのする青年ということで、マスコミにこぞって取り上げられた。本名をそのままペンネームにしたのもあって、大学でも一躍有名人となって注目された。教授を始めとして祝福の言葉を数多くもらったが、同じ分だけ周囲の人間の態度が一変するのを目の当たりにした。

もっと落ち込んだのは、高校時代から親友だったはずの同級生が、借金を申し込んできたことだ。

大賞の賞金が高額だったため、それに目を付けた親友は、大和に「金を貸してくれ」と頼んだ。貸してくれないというのなら、マスコミにあることないことぶちまけるとも――

もちろん、貸すはずもなく突っぱねた。逃げも隠れもしない。出るところに出るから、弁護士を雇っておけとも宣言した。

親友は大和の剣幕に恐れをなしたのか、脅迫どころではなく逃げ出したが、長年の親友に裏切られた心の傷はズキズキと痛んだ。

無性に亜芽里に会いたくなった。なんの作為もないふんわりした、花の咲くような笑みを見たかったのだ。

亜芽里は出勤日のはずだが、もうとっくに夜八時を過ぎている。フラワーショップクレイも閉店した頃だ。それでも、一縷《いちる》の望みをかけて生まれた町へ向かった。

フラワーショップクレイは、シャッターが半分下りていたものの、まだ店内から明かりが漏れ出ていた。亜芽里が忙しそうに店舗外に展示していた、ポインセチアの植木鉢をしまっている。

『亜芽里』

声をかけるとすぐに立ち止まって振り向いた。

『あれっ、大和君、お帰りなさい』

いつもと変わりのない笑顔だった。

亜芽里は植木鉢を足元に置き、その場に立ち尽くす大和に駆け寄った。栗色の肩までのくせ毛が夜風にふわふわ揺れていた。

『おじさんから聞いたよ。大賞ってすごいね！　霊感のある探偵が主人公の作品でしょう？　あれって中学生の頃書いた話のリメイクだよね？』

一向に返事がなかったからか、亜芽里が「大和君……?」と首を傾げる。

『どうしたの? 体調が悪いの?』

『亜芽里――』

気が付くと腕を伸ばして亜芽里を抱き締めていた。

『や、大和君!?』

初めて胸に抱いた亜芽里の体は、柔らかく、温かく、薔薇や、百合や、チューリップや、様々な種類の花の混じった甘い香りがした。

『あ、あの、大和君、あの、その』

栗色の髪に頬を埋め溜め息を吐き出し、身じろぎをする亜芽里を一層深く胸に包み込む。

亜芽里は心の声が聞こえたのか、間もなく抵抗を止めて、「悲しいことがあったの?」と呟いた。

『大和君、大丈夫?』

受け入れられた気がしてひどく嬉しくなる。

『うん、大丈夫。亜芽里がいてくれれば……』

亜芽里は何も言わずにじっとしていたが、やがてそろそろと手を伸ばし、よしよしと背を撫でてくれた。それ以上何も聞かずに、子守歌で子どもをあやすように。

実際、子どもの頃に戻っていたのだろう。この時ばかりは下心などなかった。亜芽里はそんな自分を何も言わずに甘やかしてくれた。

『大丈夫だからね』

子守歌を歌うように優しく澄んだ声だった。

『大丈夫、大丈夫……』

亜芽里の温もりと言葉は魔法そのものだった。傷付いていた心がみるみる癒やされていく。

その夜の亜芽里は大和の気が済むまで、ずっと優しく抱き締めてくれた。


大和のデビュー作は一躍ベストセラーとなり、大学卒業後は執筆に追われる日々が始まった。

小説家業は向いていたのか次回作もヒットして、他社からの依頼も次々と舞い込んだ。部屋に籠もりきりになるのは当たり前、仕事に追われ息を吐く間もなかったが、亜芽里との連絡だけは欠かさなかった。

亜芽里もフラワーショップクレイ本店の店長代理となり、更にフラワーアレンジメントの勉強も忙しく、遊びにいく暇がほとんどないと笑っていた。とはいっても、花好きなので苦ではなかったようだが。

大和は亜芽里が異性と出会う時間もなく、恋の話をしなくなったので胸を撫で下ろしていた。自分だけが亜芽里の魅力を知っているのだと。

ところが、久々に実家に戻り、フラワーショップクレイにも立ち寄ると、亜芽里は頰を染めて「ちょっと気になる人ができたんだ」と照れ臭そうに笑った。

『同業者の人なんだけどね。すごくいい人なの』

亜芽里がいい人ということは、人格の優れた男なのだろうと察する。

今までは亜芽里が恋した男にはもう相手がいるか、亜芽里を好きにならずに終わっていた。だが、次の男もそうだとは限らない。

もし、亜芽里の恋が実ったら、その男は亜芽里を心から愛し、大切にして離さないだろう。結果、自分に二度とチャンスは訪れない。

（もう、亜芽里を振り向かせるだの、そんなことには構っていられない）

卑怯な手段に出るしかなかった。

まずは、青木賞主催の出版社に頼み込み、祝賀会のルールをパートナー同伴も可にしてもらった。続いて世間の外堀を埋めるべく、尾道・白井夫妻を始めとした招待客に、亜芽里の名前を婚約者として広めておいた。最後に仕上げとしてマスコミに公表し、父の暁生に亜芽里と結婚すると告げたのだ。

亜芽里は思いがけない勇気を見せることがあるが、それは大抵自分ではなく他者のためだ。誘拐犯やいじめっ子から庇ってくれた時もそうだった。

そんな亜芽里なら暁生の期待に応えるに違いないと、そう計算しての行動だったのだが正解だった。彼女は目論み通りに結婚を承諾してくれたのだから。

さすがに罪悪感に胸が痛んだ。自分の汚さには怖気《おじけ》が出たほどだ。亜芽里が愛する人柄のいい男と幸福になれる可能性を奪ってしまったのだから。

それでも、自分を止めることはできなかった。彼女の人生を手に入れてもまだ安心できなかった。

（それだけじゃ足りない。身も心も亜芽里のすべてがほしい）

恋とは渇望に近い。一つ手に入れるともっとほしくなるようで、初めての夜に亜芽里を激しく抱いてもその渇望は治まらなかった。

（どうすれば俺だけを愛してくれる？）

手に入れるための汚い手段はいくらでも思い付いたのに、それだけはわからず途方に暮れて立ち尽くした。

ふと、亜芽里が片思いをしていた男たちを思い出す。どの男も皆ただ優しいだけではない。亜芽里のようにしなやかな芯と、他者への思いやりがあった。

（結局、俺自身がしっかり生きていくしかないってことか）

そして、誠実に、真心を込めて愛を伝え続け、世界で一番幸せにすると誓うしかなかった。

第三章　大和君に恋をする

大和が一人暮らしをしていたマンションは、九段下《くだんした》の大通りから外れたところにあった。周囲には大和の好む皇居があり、美術館、博物館が多く、アクセスもいいからかと思いきや、この町を選んだ理由はまったく違っていた。

亜芽里が「どうしてここがよかったの？」と聞くと、「近くに古書店街があったから」と答えたのだ。確かに、歩いて十分ほどで古書店街に行ける。なんとも大和らしい選び方だと笑ってしまった。

そんな大和のマンションでともに暮らしてすでに一ヶ月。環境の変化や生活リズムにも慣れ、次第に結婚したのだとの実感が出てきた。

ある朝亜芽里は朝六時に起き、せっせと朝食の支度をしていた。

今朝のメニューは大和の好む和食だ。土鍋で炊いたお焦げのあるご飯に野菜たっぷりの味噌汁。ネギ入りのだし巻き卵に鯖の塩焼き、ミョウガの甘酢漬けと栄養バランスを考えた食事だった。

盛り付けが終わり、大和を起こしに行こうと、置き時計に目を向ける。

午前六時五十五分。そろそろ大和が目覚める頃だ。

実家で両親と暮らしていた頃には、金曜日の朝は花市の競りに参加するため、朝三時起きが普通だった。だから早起きには慣れており、毎朝午前六時には自然と目が覚める。

大和の方は朝に弱いらしい。七時より早く起きたことはなかった。

「おはよう」

大和がひょいとキッチンに顔を出した。

「あっ、おはよう」

顔を洗ったばかりなのか、眼鏡はかけておらず前髪がお湯で濡れている。黒に近いダークグリーンのパジャマは寝乱れていた。

亜芽里は朝一番に見る大和の寝起きの顔——まだ瞼が半分閉ざされ、影の落ちた気だるげな目に、いつもドキリと心臓が鳴る。

二人での暮らしには慣れてきたが、大和自身の様々な表情にはいまだにドギマギした。

——大和君とは幼馴染みだったはずなのに。一緒に暮らしているのに、時々知らない男の人に見える……。

一方、大和は「ああ、畜生。今日も負けた」と肩を落とした。

「亜芽里より先に起きたかったのに」

「あはは、無理しなくていいよ。昨日遅かったでしょ？」

「いくつ目覚ましをセッティングしても、七時前に起きられない……」

大和は亜芽里の背後に立ち、そっと髪に口付けた。

「亜芽里って香水いらないよな。花の香りが染み付いているから」

続いて、腰に手を回し溜め息を吐く。

「まだ亜芽里の寝顔を見たことないんだよな。だから、毎朝怖くなってさ」

「怖いってどうして？」

「夢なんじゃないかって……」

（朝起きて隣に亜芽里がいないと、全部自分の願望が見せた夢だったんじゃないかって……）

亜芽里は大和の腕の中で体を反転させ、よしよしと寝癖の付いた頭を撫でた。

「ほら、夢じゃないよ」

「うん、そうだな。夢は花の香りなんてしない」

大和は亜芽里の背に手を回してもう一度抱き締めると、そっと口付け「やっぱり夢じゃない」と笑った。

「ん……」

朝一番のキスは歯磨き粉のミントの味がした。大和の乾いた唇に亜芽里の心臓が軽く跳ね上がった。

大和のマンションは亜芽里の実家――つまりフラワーショップクレイ本店からも離れている。

だが、亜芽里は仕事を続けたかったので、昨年出たばかりの二号店のシフト制のパートになった。

二号店は当初両親が経営を担っていた。現在はある程度客足が落ち着き、顧客もついたので亜芽里の従兄、雅樹《まさき》を雇っている。雅樹は女顔の優男なので女性客狙いもあるのだろう。

「おはようございます！」

亜芽里が軽く頭を下げると、現店長の雅樹は店外の鉢植えに、霧吹きで水をかけていた。

「亜芽里ちゃん、おはよう。一件、贈答用で花束の注文が入っていてさ。担当してくれる？」

「了解しました。どんな注文ですか？」

「退職する社員にだって」

「ファーストインプレッションってところ。予算とか希望のイメージは伝票に書いてあるから」

「わかりました」

「どこの会社かはわかりますか?」

——ファーストインプレッションって聞いたことがあるような……。

それも、つい最近だ。

亜芽里は伝票に目を通したところであっと声を上げた。

——大和君が本を出したところじゃない。

少々尖った作品も書かせてくれると、大和が評価していた出版社だった。客の名前にも見覚えがある。「瀬川千尋《せがわちひろ》」、結婚式にも招待した大和の担当者だ。

二号店でパートを始めた際、大和がこう言っていたのを思い出した。

『そこってファーストインプレッションの近くじゃないか。じゃあ、花がいる時にはクレイ使うよう頼んでおくよ』

——大和君との付き合いで注文してくれたのね。

どんな形であれ新たな客ができるのは嬉しかった。

おそらく、飲み会の際手渡すのだろう。来店時間は午後六時三十分になっている。

亜芽里は接客や花束作り、その他のフラワーアレンジメントの注文の合間を縫い、バスケットを使ってすっきりと丁寧に仕上げた。

「仕事ができてしゃきっとしているけど綺麗なものが好き」とあったので、メインの花はピンクの混じったサクユリにした。伊豆《いず》諸島に自生する固有のユリでユリ科では最大。凜としていながら華やかさがある。

そこに淡い黄と白のオリエンタルユリとオレンジのスカシユリ。引き立て役として黄のサンダーソニアを飾った。全体の色のバランスが取れるよう、緑の葉も少々多めに入れておく。

――気に入ってくれるといいんだけど……。

瀬川は六時三十分きっかりに現れ、花束を見るなり「素敵！　ゴージャス！」と歓声を上げた。

「そうそう、滝尾《たきお》さんってこんな感じ。きっと喜びます」

「ありがとうございます」

瀬川から代金を受け取り、代わりに領収書を手渡す。

「あっ、そうだ」

瀬川は花束を受け取りつつ思いがけない提案を持ちかけた。

「会えたのならちょうどよかった。実は、別の出版社で女性週刊誌の仕事をしている知人がいまして。春山《はるやま》さんというんですが、奥様に取材をしたいと言っているんです。連絡先をお伝えしてもよろしいですか？」

「えっ、取材って私にですか？」

大和にならともかく平凡な自分に何を聞きたいのかと首を傾げる。

「女性の働き方について伺いたいそうです」

春山というその記者は以前大和の対談記事も掲載したのだとか。その伝手《つて》で亜芽里が生花店に勤めていると知ったのだという。

更にネットの口コミで亜芽里のフラワーアレンジメントの評判の良さを知り、亜芽里とフラワーショップクレイを取り上げたいとのことだった。

なんでも生花店の店員だけではなく、キャバ嬢から弁護士まで、様々な職業の女性の特集を組むらしい。

「生花店の店員さんはまだ決まっていないそうなんですよ」

「だけど、生花店など都内にたくさんあると思うのですが……」

すぐに返事をするのは躊躇われた。

――だって、一人一人のお客様への接客ならともかく、人前に出たことなんてそんなにないもの。

自分の写真が雑誌やウェブに掲載され、見世物になる度胸などない。結婚前の祝賀会を乗り切るのがやっとだったのだ。とはいえ、フラワーショップクレイを宣伝する絶好の機会でもあった。

――お客様が増えれば雅樹さんの実績にもなるし、お父さんとお母さんもまた支店を出せるかもしれないし。

すぐに答えられずに口籠もる。

「夫に相談してからでもよろしいでしょうか？」

「ええ、もちろんです。春山さんの連絡先も渡しておきます」

亜芽里は瀬川から連絡先の名刺を受け取り、店外まで見送ると名刺を見下ろした。

「う～ん、どうしよう……」


その夜の就寝前、亜芽里はベッドに腰かけながら、すでに横たわっていた大和に声をかけた。

「大和君、相談があるんだけど……」

「えっ、何？　相談？　なんでもしてくれ。何があったんだ？」

大和はベッドから体を起こし亜芽里の隣に座った。なぜか嬉しそうな顔になっている。

「今日、ファーストインプレッションの瀬川さんって人が来たの。紹介してくれてありがとう」

「ああ、瀬川さんか。そうか来てくれたんだ」

「それで、瀬川さんから別の出版社の記者さんを紹介されてね。私に取材をしたいんだって」

企画の内容を説明すると、大和はうーんと唸って腕を組んだ。

「俺はちょっと嫌だな」

「えっ、そうなんだ。どうして？」

「だって、バッチリ顔写真が掲載されるわけだろう。亜芽里を他の男に見せたくないし」

「もう、何言ってるの」

焼き餅を焼いたのだと知って照れ臭くなる。

大和は亜芽里の肩を抱き寄せた。手の温もりから大和の思いが伝わってくる。

（ありがとう。相談してくれて嬉しい）

「大和君……」

相談を持ちかけて喜ばれるとは。

大和は亜芽里の髪に顎を埋めて囁いた。

「でも、亜芽里は受けたいんだろう？　お義父さんと、お義母さんと、雅樹さんのためにさ。なら、やってみろよ。なんでも協力するからさ」

大和は接触テレパスではないはずなのに、亜芽里の気持ちだけは本人以上に理解している。

「大和君、どうして私の考えていることがわかるの？」

「……」

薄い唇の端に苦笑いが浮かんだ。

「だって、小説のアイデアと亜芽里が何を考えているか、それぱっかり考えて生きてきたんだぜ？」

「えっ、私の考えていることって、花とか料理とかそんなことばっかりだけど……」

加えて大和を思うことも多くなった。

「亜芽里はそれでいいんだよ」

大和は亜芽里の唇に軽いキスを落とした。

(好きだよ)

言葉にしきれない愛情で心が満たされるのを感じる。

「なあ、抱いてもいいか？」

「……うん」

亜芽里も大和に抱かれたくなっていた。

大和の長い指が亜芽里のパジャマのボタンを外していく。

途中、不意に目を覗き込まれ心臓がドキリと鳴る。チョコレート色の瞳も、通った鼻筋も、薄い唇も、シャープな頬の線も、すべてが手の届くところにあった。

大和は亜芽里のパジャマを脱がすと、「はい、バンザイして」と告げた。

「もう、私、子どもじゃないんだよ」

それでも言われるがままに手を上げると、ナイトブラをすっぽりと外される。豊かな乳房がふるりとまろび出た。

思わず隠したくなるのを堪える。何度経験してもこの瞬間には慣れない。首筋に口付けられる。気恥ずかしくて大和と目を合わせられない。

「亜芽里、気が乗らない？　だったら、止めるけど……」

亜芽里ははっとして首を小さく横に振った。

「ううん、違うの。ごめんね、ちょっと嬉しくて」

「嬉しい？」

「うん。大和君って私のことわかってくれているんだなって」

大和と一緒にいると心の声の聞こえる超能力よりも、思いやりの方がずっと大きな力なのだと感じる。

「まあ、亜芽里限定だけどな。で、心決まった？」

「……うん」

何事もチャレンジだと頷く。

「そうだね。やってみる」

「……そんな顔されると悔しいかも」

「えっ、ちょっ……」

「ベッドの中でくらい俺以外のこと考えてほしくないから。もう取材のことは忘れた！」

「やっ、大和君……」

鎖骨にキスを繰り返していた乾いた唇が、乳房の狭間を通って臍の窪みに辿り着く。

「んっ……」

中を探られくすぐったさに身悶える間に、ぐっと力を込めて足を開かれ、ひやりとしたその感覚に思わず声を上げた。

「ひゃっ……や、大和君……」

すでに勃った花芽にぬるりとした何かが這う。

そこはもう何度も大和に貫かれていたが、こうして曝け出されただけではなく、舌で弄られるのは初めてだった。

「……っ」

羞恥心が媚薬となって亜芽里の体を火照らせる。

「あっ……大和君、駄目っ……そんなとこ……」

ちゅっと吸われて背筋から爪先が引き攣る。一瞬、感電したのではないかと思った。体の奥から凝った熱がとろとろと溶け出し、栗色の淡い茂みと大和の薄い唇を蜜で濡らす。

「亜芽里って俺に抱かれる時、自分のここがどんな風になっているか知らないだろ」

「そんな、の……」

知るはずがないと答える前に、舌先で花芽を軽く弾かれた。

「あんっ」

背が仰け反り豊かに実った乳房がふるりと震える。その頂は薄紅色に染まってピンと立っていた。

大和はその間にも言葉を続けた。

「赤く腫れて、ぱっくり開いていて、ぬるぬるしていて、俺を誘っているみたいですごくエロい」

「……っ」

大和ならもっと文学的な表現ができるだろうに、あえてしないのが憎らしかった。

蜜を啜り上げられ濡れたその音にいやいやと首を横に振る。耳から犯されるのではないかと怯えた。

「あっ……あんっ……あっ……やんっ」

時折腰が跳ね上がるが、腿を大和に押さえ付けられているので、快感を逃がせず喉の奥から熱い息を吐き出すしかない。

「すごく甘い……。もっとほしくなる……」

「大和くっ……」

不意に軽く歯を立てられ脳髄がビリビリと震えた。

「ああっ……」

「亜芽里、感じた？」

「……っ」

吐息ばかりで酸素が足りない。

大和は余裕をなくした亜芽里のそこを、唇と舌でなおも執拗に責め立てた。

蜜口に口付け、中を吸り出す勢いで吸い上げたかと思うと、ひくひくと蠢く花弁の輪郭を舌先でなぞり更なる蜜の分泌を促す。

「あ……あっ。大和くっ……」

喘ぎすぎたから声が掠れる。するとまだ足りないとばかりにまた花芽を軽く嚙られ、もはや衝撃に近い快感に小さな悲鳴を上げた。

「亜芽里、可愛いよ。絶対に、他の男に渡さない……」

「あっ……ああっ」

「俺だけのものだ」

熱い舌が一匹の未知の生き物となって、花弁を割り開き蜜口へと移動する。

「あっ……」

亜芽里の栗色の目が大きく見開かれる。

快感にすっかり緩んだ蜜口に大和の舌が入り込んだからだ。

「あっ……そんな……こ、んなのっ……」

もう何度も大和を受け入れた亜芽里のそこは本人の意思を無視し、内壁をひくつかせつつ本能のままに中に取り込もうとする。

「やあっ……ど……して、こんなの……」

身を捩らせるものの自分の体なのにどうにもならない。

日常生活でもベッドの中でも、次々と知らなかった自分を見つける——亜芽里は混乱して首を弱々しく横に振った。

亜芽里の声が体の熱の高まりと同時に、次第に高くなる一方で、大和の声はワントーン低くなっていた。

「亜芽里——」

大和は顔を上げ亜芽里に伸しかかると、深く口付けその呼吸を奪った。

「んっ……う」

大和の唇からは自分の蜜の味がしたが、甘くなどなくむしろ塩気がある。だが、そんなことを冷静に分析する間などあるはずがなかった。吸った息を奪われたかと思うと、熱された吐息を送り込まれ喉が焼け焦げそうになる。

――あ、つい。大和君、熱いよ……。

ようやく舌から解放され、蜜を漏れ出す亜芽里のそこに、今度は指がズブリと潜り込んできた。

「あっ！」

舌とは違う骨のある感触だった。蜜を掻き出すかのような動きで奥へ、奥へと進んでいく。弱い箇所をぐっと指先で押されると、「ああっ」と掠れた喘ぎ声が上がった。

気持ちいいなどとそんな軽い言葉で表現できる快感ではない。大和の望み通り亜芽里はもはや大和の熱以外、何も感じられなくなっていた。

もう一本の指が濡れた蜜口に差し込まれ、ぐっと隘路を押し広げる。

「亜芽里のここだけは前より余裕が出てきたよな」

「あっ……」

二本の指の一本は亜芽里の隘路を掻き分け、もう一本は奥を探っては爪で軽く掻く。掻かれたところは亜芽里も知らなかった快感の在処で、大和に押さえ付けられている腰がぶるぶると震えた。

「や、大和君、私、もう……」

不意に指が引き抜かれる。

「あんっ」

栓がなくなると蜜がどっと漏れ出し、シーツをしとどに濡らした。そこを再び塞ごうとするかのように、大和の雄の部分が宛がわれる。大和ももう限界だったのか、すでに熱くかたくなっており、蜜ではない熱い液体を纏わり付かせていた。

「や」

大和君と名前を呼ぶ間もなくぐっと灼熱の肉棒が突き入れられる。

「ああっ」

隘路を押し広げられる感覚は何度抱かれても慣れない。屹立に自分の内の肉を掻き分けられるごとに、甘さを増した喘ぎ声が漏れ出る。

「くっ……」

大和が形のいい眉根を寄せた。額に浮いた汗が鋭利な線を描く頬を流れ落ちる。こんな時なのに眼鏡を外した大和のチョコレート色の瞳や整った顔立ちに見惚れてしまった。

——大和君、綺麗……。

その間にも大和は腰をぐっと押しては軽く引き、より深く亜芽里の中を抉り、そのたびに荒い息を吐く。目には亜芽里しか映っておらず、激しい欲望の炎が燃えていた。

「あ……あっ。や、まとく……深、い……」

弱々しく大和の二の腕を摑む。大和は亜芽里の抵抗に構ってなどいられないのだろうか。亜芽里の指にみずからのそれを絡め、シーツに縫い止め腰から下を押さえ付けた。

腰と腰が密着することで、より深く交わる形になってしまい、亜芽里の息が途切れる。

「あっ……」

大和は亜芽里の汗に濡れた乳房の頂を軽く噛んだ。

「亜芽里、すごく、いい……」

「……っ」

亜芽里は体の奥を征服され、乳房を弄ばれ、強烈な刺激を同時に与えられ声も出ない。

だが、大和はそんな亜芽里をよそに、貪欲に更なる快感を貪ろうとした。

繋がったまま体を起こし、亜芽里の片足を肩に担ぐ。互いの内股がぶつかり合い、大和の分身が亜芽里のより奥にまで届いた。

「あ……あっ」

背を仰け反らせてシーツを掴みながら、まだ奥があったのかと恐ろしくなる。

一方、大和は余裕が出てきたのか、薄く笑って亜芽里のふくらはぎをぱくりと食んだ。

「ひゃっ……」

「亜芽里、こんなところにほくろがあるんだな」

「ほ、ほくろ?」

「ここにもある。亜芽里も知らなかったのか……そうか」

次の瞬間、亜芽里の体内を衝撃が襲った。

蜜の源泉となる最奥に熱いかたまりが押し込まれる。ズンと突かれて息すらできなくなった。

亜芽里の柔らかな体が弓なりに仰け反る。

「あ……あっ。そ、んな……っ」

言葉の代わりに栗色の瞳に涙が盛り上がる。大和は腰を揺すぶりながら亜芽里の泣き顔を見下ろした。

「亜芽里が泣くの、すごく可愛い……」

「……っ」

「もっと感じて。もっとイッて」

大和の灼熱の欲望が亜芽里の体の中をぐちゅぐちゅと掻き混ぜる。快感に気が狂ってしまいそうになる。大和が突き入れる角度を変えた。そのたびに意識を引き戻され、またよがり狂って嬌声を上げる——内壁からマグマが溢れ溶けてしまいそうだった。

官能の激しい波に翻弄され、大和の名前すら忘れそうになる。だが、大和は繰り返し亜芽里を呼んだ。

「亜芽里、好きだよ。すごく、エロい……。ずっと、抱いていたい……」

「あっ……あっ……ああっ」

大和の肩が大きく震える。そしてそのままどくどくと、焼けるように熱い体液を注ぎこまれた。熱は亜芽里の内側にみるみる染み込んでいく。

「あ……あっ。や、まとくん……」

身も心も白く染められていくのを感じる。

大和はその間にも腰を繰り返し突き上げ、最後の一滴まで亜芽里の体に送り込んだ。

「……」

息を大きく吐き、肩から亜芽里の小刻みに震える足を下ろす。そして、薄紅色に染まった右の乳房にそっと口付けた。

「愛しているよ」

それから肌を吸い上げ紅い痕を一つだけ加えた。


いよいよインタビュー当日、亜芽里は朝から率先してとにかくよく働いた。久々の二トントラックを駆り出しての仕入れに水揚げと商品の陳列、キーパーとストッカーの管理。更に接客に花束作り、フラワーアレンジメントと店内を駆けずり回った。

いつものように積極的に働くことで、午後からの取材での緊張を散らそうとしたのだ。

午後二時を過ぎた頃のことだろうか。

フラワーショップクレイの自動ドアが開き、カメラバッグを担ぎ、眼鏡をかけた中年の男性が現れる。

「失礼します。ファンファンの春山ですが」

「あっ、はい！　お待ちしておりました！」

自分の羞恥心など乗り越えろと拳を握り締める。フラワーショップクレイの更なる発展のためだと気合を入れた。

「確認なのですが、私は現在正社員ではなく、パートなのですがよろしいですか？」

春山は「もちろんですよ」と笑った。

「昨今、様々な働き方がありますからね。正社員だ、派遣だ、パートだと差別しませんよ。それよりも、源さんのように人気小説家の奥さんが、働く必要がなくてもなぜ働くのか。金銭以外の働く意味を考えようって企画でして」

働く必要がないと決め付けられ口を噤む。

——確かに、そうかもしれないけど……。

マンションは大和の持ち家で、生活費もほぼ大和が負担している。亜芽里もせめてこれくらいはと、パート代を家計に入れているものの、大和からすればはした金ですらないだろう。結婚前に「働いても、働かなくてもどちらでもいい」とも言われている。

——私って大和君のおまけなの？　働く必要がないの？

それでも、取材を断る選択肢はなかった。自分一人のその程度のプライドなど構っていられない。だから、ぐっと感情を押し殺して、「では、よろしくお願いします」と笑みを浮かべた。

女性週刊誌ファンファンの取材は、見栄えがするということで、クリスマスディスプレイをバックに行われた。

軒先に並べられた鉢植えの狭間には天使と雪だるまのオブジェが置かれ、店内には本物の樅《もみ》の木のクリスマスツリーが金のリボンで飾り付けられている。ディスプレイのテーブルやキーパー内にも金銀の星やボールがランダムに並べられていた。

取材があるからと雅樹が張り切り、予算を多めに取ったせいもある。

亜芽里はやはり見栄えがするようにと、雅樹の勧めでプロのメイクアップアーティストにメイクをしてもらい、真新しいエプロンを着けた上での取材となった。

「キーパーの前に立って笑ってください」「フラワーアレンジメントをしてください」「子ども相手に接客してください」などと、覚悟していたもののやはり見世物感にげっそりする。

インタビューにも首を傾げた。

「源さんはパートタイマーとのことですが、家事は主に源さんがされているのですか？家政婦を雇ったりなどは？」

「いいえ、二人しかいないので、主に私です。ですが、夫も時々料理をします」

「源先生はどんな料理が得意なんですか？」

「イギリス料理とか変わったところではアフリカ料理とか、海外の料理が多いですね。新しい料理を試すのも好きみたいです」

働き方ではなく大和との暮らしばかり聞かれる。女性の働き方というよりそちらがメインとなっている気がした。

週刊誌の方向性がもともと恋愛や結婚、そうした暮らしの中での話題が多いので、仕方がないとは思うものの少々モヤモヤした。

取材を終えた春山は「ありがとうございました」と丁寧に頭を下げた。

「源さんが女性らしい方でなんだかほっとしました」

「女性らしい……？」

「ええ。良妻賢母って感じですよね。あっ、お子さんはまだでしたか。源先生がちょっと羨ましくなりましたよ。なんだかんだで妻が可愛くて優しくて、家に帰ると温かいご飯があって、笑顔で出迎えてくれるって男の夢の一つですからね」

褒めているつもりなのだろうが、どう答えていいのか迷い、曖昧な笑みで返す。

――どうしていいお嫁さんって言われて素直に喜べないんだろう。

以前なら笑って受け入れていただろうにと戸惑った。

「それでは、掲載時期が決定しましたらご連絡しますね」

記事が週刊誌ファンファンに掲載され、二号店に見本誌が届けられたのは、それから半月後の一月の頃のこと。

内容は亜芽里の予感が的中しており、春山に説明されたように働く女性というよりは、人気小説家夫妻の暮らしがクローズアップされていた。

確かに未知の職業、それも半分タレント扱いされている大和なのだから、大和の妻という属性以外平凡な生花店店員よりも興味を引く記事だとは思う。

——フラワーショップクレイについてもちゃんと宣伝してくれているし、せっかく記事にしてもらったんだから、これ以上贅沢言っちゃ駄目よ。

それにしても、化粧を念入りに施されているからか、写真の自分がどうも別人に見える。

——ちょっと濃かった？

不安になりつつページを捲っていると、雅樹がひょいと横から見本誌を覗き込んだ。

「おっ、見本誌届いたんだね……って、亜芽里ちゃん、やっぱり可愛く写っているなあ」

「えっ、そうですか？」

「普段のナチュラルメイクもいいけど、化粧映えする顔立ちなんだから、これくらいやってもいいと思うよ。ほら、結婚式の時もすごくよかったじゃないか」

確かに、二十六年の人生で最も綺麗にしてもらった記憶がある。

——雑誌を読んだお客さんがお店に来て、人気小説家の妻ってこの程度なんだって思われたら、大和君にも迷惑がかかっちゃうし……。

亜芽里はその日の帰り道、デパートに立ち寄り化粧品を一式購入した。

今までは日焼け止めにパウダーを叩き、グロスを塗るくらいだったが、客寄せパンダとなるとそうもいかない。

マンションに戻ると夕食の準備までの時間を使って、スマホを見ながらメイクの練習をした。落とす間もなく六時になったので、慌ててキッチンへ向かう。

大和がひょいとダイニングから顔を出した。いつものように亜芽里の背後に立ち、そっと抱き締めつつ髪に顎を埋める。

「いいにおい。今日の夕飯は何？」

「うん、味噌煮込みうどんだよ」

亜芽里が振り返ると大和が一瞬息を呑んだ。

「大和君、どうかした？」

「いや、いつもと違うから……」

「ああ、メイクしているから。ちょっと濃くしてみたの。変じゃない？」

「いや、変じゃない。だけど……」

だけどとの逆接の接続詞に少々不安になる。いつもの大和なら亜芽里が可愛いと絶賛していたはずだからだ。

「気になるところがある？　だったら教えてほしいの。明日からこんな感じの顔でお店に出るから」

「気になるというか……」

間もなく、頭から大和の心の声が聞こえた。

（やばい、可愛くなりすぎだろ。他の男に目を付けられでもしたら）

いつもの大和だったので、胸を撫で下ろしてアハハと笑う。

「大丈夫。私、そんなにモテたことないから」

「いや、気付いていないだけだって。男皆に触って回っているわけじゃないだろ」

「そうかもしれないけど、心配なんていらないよ」

大和はそれでも不満そうだ。亜芽里の体を腕の中で反転させ、真剣な眼差しで見つめてから強く頷く。

「……よし、決めた」

ポンと頭に手を載せる。

「決めたって何を？」

「当分、店には俺が送り迎えをするから」

「ええっ？　いいよ、子どもじゃないんだから」

だが、大和は一歩も引かなかった。

「せっかく車買ったんだから、使わせてくれよ。じゃなきゃ宝の持ち腐れだ」

結局、いつも通りに折れたのは亜芽里だった。

週刊誌の客寄せ効果はそれなりのもので、翌日は朝からいつもより客が多めだった。その中には当然野次馬もおり、亜芽里にチラリと目をやっては、連れとヒソヒソ話している。

「ほら、あの人が奥さんだよ」

「ちょっとタレントのミミに似てない？」

「確かにそんな感じかも！」

有名人や芸能人の苦労がなんとなくわかった。一挙一動を観察されるとやりにくい。ともあれ、仕事の内容には変わりがない。平常心、平常心と自分に言い聞かせ、いつも以上にくるくると働いた。

週刊誌の効果も数日も経つと薄れる。とはいえ、なんだかんだで宣伝になったと雅樹は喜んでいた。

「平日と週末の売り上げ、いつもより三割増しだよ。亜芽里ちゃん効果だな」

「あはは……」

亜芽里としては少々複雑な心境だった。

その男性が二号店を訪れたのは、客足も落ち着いた一週間後のことだった。

——あら？　あの人どこかで……。

記憶を探り「あっ」と思わず声を上げる。

——平野先生だ。

知臣は遠目にも魅力的な青年だった。ダークブラウンの肩までの長髪に長身痩軀。顔立ちも整っており人目を引く。抜け感のあるカジュアルなブラウンのスーツに、さっと羽織ったネイビーのトレンチコートがよく似合っていた。

知臣は何を探しているのか、店内をぐるぐる歩き回っている。時折足を止めて花を見回していた。

何か買いに来たのだろうと声をかける。

「平野先生、何かお探しですか？」

名前を呼ばれ知臣が驚いたように振り返る。

「ああ、呉井……いいや、もう源さんですか」

亜芽里は深々と頭を下げた。

「はい、祝賀会と結婚式ではお世話になりました。驚かせて申し訳ございません。見知った顔だったので。何かお探しでしょうか？」

「緊急で必要になったんです。それで、最近雑誌でこの店が紹介されていたのを思い出しまして。源さんにならアドバイスをもらえるかと」

「雑誌を見ていただいたんですか。ありがとうございます！　ご予算やイメージはございますか？」

「まあ、適当に花束にまとめてくれれば構いません」

さすがに予算くらいは決めてほしかったが、実家は資産家と聞いている。いくらでも金はあるのだろう。

安すぎるのも失礼だったので、ひとまず一万円程度の予算と仮定し、紫がかったピンクの薔薇、ムーディブルースをメインにラウンドブーケを作った。

「こちらで税込一万八百円になりますが……」

「ああ、それで結構です。リボンかけてもらえますか」

「かしこまりました」

亜芽里が花束を作っている間、知臣は物珍しいのか、数メートル離れたところからじっとその様子を見つめていた。

花束作りの過程を見たい客は多いので、いつもならさほど気にならない。なのに、知臣の視線には居心地の悪さを覚えた。

――どうしてこんなに見るのかしら。

自意識過剰だと気を取り直し、最後にリボンの形を整える。

「それでは、お会計させていただきますね」

知臣は花束の出来はどうでもいいらしく、褒めもけなしもしなかった。というよりは、贈る相手がどうでもいいように見えた。

——一体誰に贈るのかしら。せっかくの花なんだから、笑顔で手渡してほしいんだけど……。

「ありがとうございました」

知臣は店を出る間際、なぜか不意に立ち止まり、亜芽里を振り返った。弾みで手から花束が落ちる。

「あっ」

「しまった」

亜芽里は腰を屈めて花束を拾った。

「よかった。お直しは必要ないみたいですね。どうぞ」

「いいえ、お構いなく」

知臣に花束を返そうとし、束の間だが指先が触れ合う。

(あなたに会いに来たと言ったら？　わざと落としたのだと言ったらどうします？)

はっきり聞こえた心の声にぎょっとする。思わず顔を上げると知臣と目が合った。にこやかな笑みを浮かべている。「どうかしましたか？」

「……い、いいえ」

反応してはいけないと接客用の笑みを浮かべた。

「ご来店ありがとうございました」

知臣は亜芽里に礼を述べ、身を翻し通りに停めていた車に乗り込んだ。車に詳しくないので車種はわからないが、それでもすぐに外車なのだとわかる。鈍い銀色の車体のラインが流れるように美しい。

だが、亜芽里には知臣の金払いや持ち物のよさなどよりも、先ほどの心の声が気になって仕方なかった。

――平野先生……私がテレパスだって気付いた？

いいや、そんなはずがないと首を振る。

祝賀会と結婚式、そして今日と三度しか会ったことがないし、そう断定されるには材料が少ない。それ以前に、超能力者がこの世にいるなど、一般常識があれば信じられないだろう。

それでも、もし感づいたとなればその人物も――。

亜芽里は息を呑んで店の出入り口を凝視した。

――まさか、平野先生も私と同じ力がある？

知臣も人の心が読めるのかもしれない。だが、万が一そうだとして、一体何が目的で自分に近付いてきたのかがさっぱりわからなかった。

単なる勘違いだった場合のことを考えると、知臣本人に確認するわけにもいかない。頭がおかしいと思われるだけだ。

そうして悶々としたまま一週間が経った。その間知臣からの接触は一切ない。考えすぎだったか。そうゴロゴロと超能力者などいるはずがないと、胸を撫で下ろしたその頃に事件は起こった。

小売店にありがちだが、フラワーショップクレイは本店、二号店ともにギリギリの人数で回している。

亜芽里の勤める二号店では店長の雅樹とアルバイトの女子大生、パートの亜芽里ともう一人のパートの四人で回していた。

その日は雅樹と亜芽里の二人のシフトだった。午後一時になった頃のことだろうか。雅樹が突然「いてて……」と腹を押さえてその場に蹲《うずくま》る。

「雅樹さん、具合が悪いんですか？」

「う、ん。なんか腹が痛くて」

顔色が悪く脂汗が浮いている。ストレスや胃痛ではないと直感した。

「昨日の夜何を食べました？　それと朝ご飯は……」

「なんだったかな。友だちからもらった牡蠣」

まさか、食中毒なのではないかと青ざめる。以前亜芽里の父の直樹も、刺身で似た症状になったことがあった。

「雅樹さん、病院に行ってください。なんだったら救急車呼びますから」

「いや、大げさだって。店もあるし」

「お店は私がなんとかしますから！」

雅樹は亜芽里の説得に負け、タクシーで病院へ向かった。その後もう一人のパートとアルバイトに電話をかけ、出勤できないかかけ合う。しかし、あいにく二人とも用事があり無理とのことだった。

今日一日一人でやるしかないと覚悟する。

今日は月曜日でオフィス街近くのこの二号店は仕事が多い。一般客だけではなく企業から依頼を受けている定期の生け込み——店舗、クリニック、ホテルロビー、イベント会場などに花や花材、花器などを持ち込んでフラワーアレンジメントをしなければならない。

一人ですべてこなすのは無理なので仕事を取捨選択した結果、一般客は来店時間を聞いてオーダーメイド品の受け取りのみにし、店は臨時休業の看板を掲げて閉めておくことにした。

伝票をチェックし生け込み先を確認する。トラックに必要なものを積み込み、午前中一杯生け込みに奔走した。

帰る頃にはすでに正午を過ぎていたが、昼食を取る間などない。オーダーメイドの花束とフラワーアレンジメントを作りにかかる。月曜日には珍しく二十人分あり、終わる頃にはさすがに疲れが溜まった。

来店したオーダーメイド客に最後の花束を手渡し、ほっと息を吐いてレジカウンターの椅子に腰を下ろす。

――よかった。なんとかなりそう。

少々休憩してから雅樹に電話をかけると、やはり食中毒だと診断されたと説明された。

『二、三日入院だって言われちゃってさ。本当にごめん！』

「いえいえ、体第一ですから、ゆっくり休んでくださいね。シフトは両親に相談してなんとか回します」

受話器を置いた途端に、「入るよ～」と声が聞こえて自動ドアが開く。

先ほどオーダーメイドの客の対応で取り外していた、臨時休業の看板を立てかけ忘れていたらしい。

「申し訳ございません。本日は臨時休業で……」

「あっ、そうなんですか。いいんですよ。花を買いに来たわけではないので」

来るたびに妙に馴れ馴れしい態度で接してくる男性客だった。花を買ってくれたのは一、二度くらいのはずだ。それだけなら覚えられなかっただろうが、この男は亜芽里に好意を抱いたらしく、毎回連絡先を尋ねられる。

既婚だからと左手薬指の指輪を見せて断っても、「いやいや、結婚しているなんて嘘でしょ？　男よけだってわかっているんだよ」と納得しなかった。その際には雅樹が追い払ってくれたのだ。

身の危険を覚えて「なんのご用ですか」と後ずさる。

「今日一人？　あの店長いないの？」

――こんな時に……！

「じゃあさ、今からデートしない？　臨時休業ってことは時間があるんでしょ？」

「お客様からのそうしたお誘いは受けかねます」

「ちょっとくらいいいじゃないの。接客の一環だと思ってさ」

男は亜芽里ににじり寄ると、髪に顔を近付け「う～ん、いい匂い」と下卑た笑みを浮かべた。

全身に鳥肌が立ち「止めてください！」と声を上げる。

「け、警察を呼びますよ」

「いやいや、だってこれって恋愛じゃないか。民事不介入ってやつでしょ？」

話が通じない。

「お帰りください。以前申し上げましたが、私は既婚なんです」

「だからさあ、照れないでよ」

不意に手首を摑まれ悲鳴を上げた。

「はっ……離してっ！」

「嫌がる振りなんかしなくていいって。二人きりなんだからさあ」

揉み合いになりかけたその時、また自動ドアが開いたかと思うと、長身痩軀の第二の男が店内に足を踏み入れた。

そういえば、もうじき彼がやって来る時間だったと気付く。

「おい、亜芽里に何をしている!?」

耳に馴染んだ重低音の声が怒りの色を帯びている。

「や、大和君!?」

男は「なんだよ」と面倒くさそうに振り返り、大和との身長差に絶句し息を吞んだ。

大和は身長が百八十四センチあったはずだ。男とは二十センチ近くの身長差がある。

「い、いやその……」

「あんたが手首を摑んでるその子、俺の妻なんだけど」

「……っ」

「何をしているんだ？」

男は慌てて亜芽里の手首を離した。

「あっ、いや、その……。やだなあ、呉井さん、結婚しているならそう言ってくれないと。あのさ、俺が言い寄ったんじゃないよ。この女が色目使ってきたからさあ」

「亜芽里にしつこくナンパしたってのはあんただったのか。ったく、これだから男ってのは油断も隙もない」

一度大和にも相談していたのだ。大和は「いざとなれば警察に相談しよう」と提案してくれた。女が絡むと頭が茹だったとしか思えない態度になる男がいるからと。

大和は大股で店の奥へ進み男性客の胸倉を摑んで、その胸ポケットから財布を取り出した。

「お、おいっ、何するんだよ！」

中から保険証らしきものを抜き出し、姓名と住所を確認する。

「東京都大田区梅島三丁目ハイツ清水三号室の黒木信《くろきまこと》。信用の信と書いてまことと読むのか。名がまったく体を表していないな」

男は氏素性を知られ、さすがにまずいと思ったのか、みるみる青ざめ足元に目を落とした。

「すっ……すいません。出来心で……」

「出来心で済めば警察はいらない」

大和は男を床にゴミを捨てるように放り、財布と保険証を投げて渡した。

「二度とこの店に来るんじゃない。最寄りの交番にもこの件は伝えておくからな。この店には防犯カメラがあるから、お前の顔も割れている」

「……っ」

男は足をもつれさせながら、這々《ほうほう》の体で店から逃げ出した。

亜芽里は大和の背の向こうに消えていく姿を呆然と眺めていたが、大和に顔を覗き込まれて我に返った。

「亜芽里、大丈夫か？」

「や、大和君……」

一気に緊張が解け目の奥が熱くなる。

「うん、大丈夫……」

ナンパや告白をされた経験はあるが、あんな異常な男は初めてだった。

「こ、怖かった……」

大きく息を吐き出して胸に手を当てる。心臓はまだ早鐘を打っていた。

「あ、ありがとう。大和君が助けに来てくれなかったら」

どうなっていたかわからないと続ける前に、背に手を回されそっと抱き締められた。

「よしよし、もう大丈夫」

「大和君……」

大和の胸は広く温かく、ボディソープのハーブの香りがして、気持ちが落ち着いていくのを感じる。

大和から心の声は聞こえなかった。それでも、優しく胸に抱くことで、安心させようとしてくれているのがわかる。

「ごめんなさい……。大和君の言っていた通りだった」

「謝ることなんてないって」

(亜芽里が可愛いから悪いなんて、そんなことあるはずがないだろ。人の女に寄ってくる馬鹿が悪い)

相変わらずの独占欲と夫の欲目に力が抜けてしまう。

大和は背を撫でつつ溜め息を吐いた。

「それにしても、やっぱり予感的中したな。亜芽里もそろそろ自分は若い女で、しかも可愛いって自覚しないと」

「そんなことないよ」と口にしようとして、たった今あったではないかと口を噤む。

「心配かけてごめんね」

「本当はさ……」

大和は亜芽里を抱く腕に力を込めた。

「心の広い夫の振りをしているけど、一歩も外に出したくないんだ。やっぱり他の男の目に触れさせたくない。雅樹さんだって嫌なくらいだ」

だが、理性を総動員させて我慢しているのだという。

「えっ、でも、雅樹さんは従兄だよ？」

「亜芽里は男の独占欲を舐めている」

大和は亜芽里の顎を摘まんで上向かせた。眼鏡越しのチョコレート色の瞳に真剣な光が浮かんでいる。

「……ちゃんと伝えたいから言葉にして言うぞ。いつ、どこで、誰と落ちるのかわからないのが恋だろ。確かに亜芽里は俺の妻だけど、心まで束縛できるわけじゃない。結婚しているか、していないかなんて関係ない」

なら、なぜ家にいてくれと言わず、働いても、働かなくてもどちらでもいいと言ったのかと首を傾げる。

「でも、大和君、好きにしていいって言っていたでしょう？」

「それは、亜芽里に嫌われたくなかったし、それに……」

しばしの沈黙ののち「好きだから」とぽつりと呟く。

「二トントラックを運転したり、店内の掃除をしたり、花束を作ったり、レジを打ったり、くるくる働く亜芽里も好きなんだ」

自宅にいるよりずっと生き生きしていると。

（だから、辞めさせるなんて権利もないし、そんなことは考えられない。ほんと、惚れた弱みだよ……）

「大和君……」

先ほどまでの恐怖が大和への思いに塗り替えられていく。同時に、取材で大和のおまけ扱いされ、モヤモヤしていた気持ちも晴れていった。

人にどう思われるかではない。どう生きたいかが大事なのだ。大和はそんな自分のそばにいてくれただけではない。ずっと認め、応援してくれていたのだ。

胸が喜びに満たされじんわりと温かくなった。

「……ありがとう」

大和のチョコレート色の瞳を思いを込めて見上げる。

「私、大和君と結婚してよかった」

亜芽里は大和の胸に手を当て、爪先立ちをして薄い唇にみずからのそれを重ねた。初めて自分からしたキスは照れがあったからかごく軽く、瞼を閉じていれば触れたか触れていないかもわからなかったかもしれない。

だが、大和はびっくりしたように目を見開いてずっと亜芽里を見つめていた。

亜芽里はくすりと笑って大和の首に手を回した。

「私も大和君が大好き。これからもよろしくね」

大和の表情がシンプルな愛の告白「大好き」の一言に揺れる。

「……今なんて言った？」

「だから、大好きだって」

愛情を伝えると心がくすぐったくなるのだと初めて知る。同時に、ちょっとだけ恥ずかしい。それでも、大和に求められ亜芽里は繰り返した。

大和は亜芽里を再び胸に抱き締めた。より強く、より深く、それでいて優しく――亜芽里は力強く脈打つその鼓動に安らぎを覚えた。

「……ヤバい。俺死ぬんじゃないか？」

「えっ、どうして」

「幸せすぎるから。ミステリーではそんな描写の次に、悲惨な展開になったりするんだよ」

小説家の職業病なのだろうか。想像力の豊かさに思わず噴き出す。

「大丈夫。死なないよ」

「本当に？」

「本当だって。保証するよ」

「……じゃあ、確かめさせて」

チョコレート色の瞳が甘く光った。

「確かめるってどうやって？」

大和は首を傾げる亜芽里の耳を軽く囓った。

「ひゃっ」

細い腰に手を回し肩に額を押し当てる。

「……もちろん、ベッドの中で」

二人とも確かに生きているのだと知るには、互いの体温を感じるのが一番なのだと主張した。


大和への気持ちを確認したからだろうか。今夜はパジャマを脱がされるだけで、初夜のように気恥ずかしさを覚える。目の前に半裸の大和がいるので尚更だった。

長く骨張った指がボタンを一つ一つ外していく。やがてキャミソールとショーツだけにされると、亜芽里は「あとは自分で脱ぐから」と大和を止めた。

ところが、大和は「だーめ」と悪戯っ子を思わせる、いかにも楽しげな笑みを浮かべる。

「脱がすのってすごくワクワクするんだぜ？」

「そ、そうなの？」

「そう。いつもは可愛い亜芽里が、だんだんエロくなっていくから」

「……っ」

やっぱり自分で脱ごうとしたところで、いきなり片足を軽く引っ張られベッドに仰向けに倒れた。

「ひゃっ」

大和の指がショーツに滑り込み、そのまますると脱がされてしまう。

「……っ」

待ってと止める間もなく、今度はバンザイの姿勢にさせられ、キャミソールを脱がされた。毎夜何度も愛撫され、吸われたことで張りとツヤを増し、より豊かになった乳房がふるりとまろび出る。

「あっ……」

反射的に右手で乳房を、左手で女の部分を覆い隠す。

「そうしているとヴィーナスの誕生みたいだな」

「ヴィーナスの誕生……？」

大和はズボンを下ろしながら説明してくれた。

「ほら、ルネッサンスの画家のサンドロ・ボッティチェリの代表作。大きな貝殻の上に乗った女神の絵画」

「あっ、それ、知ってる」

だが、記憶にある女神は現代の感覚から見ても美女で、なぞらえるなどおこがましいと恐縮した。

「亜芽里も女神と同じくらい、いいやもっと綺麗だよ。こんな綺麗な体、他に見たことがない。……ってこんなに綺麗だって言っていたら、いつか神罰を下されるかもな」

「えっ、どうして」

「これもギリシア神話なんだけど、カシオペアっていうエチオピアの王妃がいたんだ。彼女は自分は海の精霊より美しいと自慢してね。精霊の怒りを買ってポセイドンに災害を起こされた。それで、娘のアンドロメダを生贄に捧げる羽目になったのさ」

「神話の神様ってそれくらいでそんなに怒るの？」

「人間と変わらないよな」

大和は微笑みながら眼鏡を外し、ベッドサイドに置いて亜芽里に伸しかかった。

「ギリシア神話の神々は激しい恋もすれば嫉妬もする。感情の赴くままに罰も下す。理不尽で、人間くさくて……情熱的だ」

すぐそばに端整な顔立ちとチョコレート色の瞳があった。

「亜芽里……」

初めは触れるか触れないかのキス。次はそっと優しく、三度目で途端に激しくなり、亜芽里は呼気を奪われ息苦しさに喘いだ。

「んっ……ふ……んんっ」

――これが、大和君の恋……。

心を燃やし尽くしているのだろう。大和から心の声は聞こえなかった。

自分の穏やかな思いと比べて、なんと熱いのだろうと慄く。だが、恐ろしいとは思わなかった。今ならすべてを受け止められる気がした。

「大和君……」

次は亜芽里から口付ける。すると大和がキスをし返した。今度は舌をちゅっと吸われ、背筋がぞくりと震える。

「……亜芽里、嬉しいよ」

熱っぽい声が亜芽里の耳を擽る。再び唇を重ね合い、どちらからともなく舌を絡めた。くちゅくちゅと濡れた音がして、体の内側から聞こえるその響きが、徐々に肌を火照らせていく。唾液が互いの口の中で混じり合い、啜ると砂糖水よりも甘く思えた。

――それともお酒？　キスだけで酔ってしまいそう……。

気が付くと大和の首と背に手を回し、その無駄のない筋肉質の体を抱き寄せていた。まだ足りないとばかりに深い口付けを繰り返す。めくるめく官能への予感に体がぶるりと震えた。

時折唇を離すと二人を繋ぐ唾液の糸が、ベッドサイドランプの明かりに照らし出され、ぬらぬらと妖しい銀色に光っている。

「亜芽里、好きだ」

「うん、私も……」

熱の籠もった視線が宙で絡み合う。次の瞬間、大和は亜芽里の手首をシーツに縫い止め、荒々しく唇を奪って亜芽里の唾液のすべてを吸い上げた。

「ん……んっ」

音を立てて唇が外されたかと思うと、無防備だった両の乳房をぐっと摑まれる。大和の五本の指が柔肌に食い込んだ。

「あっ……」

不規則な動きで弾力ある脂肪の塊を揉みしだかれ、喉の奥から熱い息が漏れ出る。同時にまたキスされ力強く吸われ、呼吸困難に陥りそうだった。だが、息苦しさすら気持ちよさに変換されてしまう。

二本の指の狭間に胸の頂を挟まれると、敏感なそこに熱が集中してまた喘いだ。

「あっ……あっ……やんっ」

形が変わるほど乳房を力強く揉み上げられ身悶える。胸全体に軽い電流にも似た何かが走りビリビリと痺れた。体の奥からはとろりと熱が溶け出し、すでに足の狭間をしとどに濡らしている。

——私、胸だけでもう感じて……。

いつの間にこんなにいやらしい女になったのかと、我に返る直前に不意に腿を撫で上げられた。

「あっ……」

大きな手がじりじりと上部に移動し、緩んだ足の狭間に滑り込む。

「やっ……」

口では嫌だと言っているが体は正直で、すでに大和の雄を求めて蜜口と隘路の内壁がひくつき、虚ろを埋めたがっているのが亜芽里自身にもわかった。

だが、大和はまだ前戯を続けるつもりらしい。焦らすように亜芽里の花弁の周りに円を描いた。みずからの蜜を塗り込められる感覚が堪らない。

「あっ……そこっ……」

「気持ちいい?」

大和に問われ涙目で頷く。

「すごく、いい……」

亜芽里の一言に刺激されたのだろうか。大和は泳がせていた指の一本で、開きかけている蜜口を撫で擦った。

「あっ……あっ……やあんっ」

分泌された熱い蜜が花弁と、花芯と、大和の指を淫らに濡らす。

「亜芽里、その表情、すごくゾクゾクする……」

大和は言葉とともに指を立て、ぐっと蜜口から隘路へ押し込んだ。

「……っ」

異物感に背が仰け反る。反射的に内壁が大和の指を締め付けた。

「亜芽里の体は本当に素直だ」

大和の指の長さと形、関節の位置まで感じ取ってしまう。中で指が往復すると隘路ごと溶け出してしまいそうだった。

――気持ち、いい……。

胸と中だけではなく全身が蕩けそうなほど気持ちがいい。思考は曖昧になっているのに、神経はすっかり鋭敏になって、大和の指の動きのすべてを知ってしまう。

「あっ……ああっ……やまとく……あっ……そこ、だめ……」

すでに駄目とは気持ちいいを意味すると理解しているのだろう。大和は執拗にその箇所を抉り、時には花芯を摘まんで捻り上げ、何度も亜芽里の背を仰け反らせた。

視界に霧がかかって霞む。それでも、自分に伸しかかった大和の重さと、その引き締まった肉体だけは、はっきりと感じ取れた。

すでにうっすら汗に濡れた額に乱れた黒い前髪がかかっている。

質量のある灼熱のかたまりが亜芽里の蜜口に押し当てられる。その熱さに怯え思わず腰を引いてしまったが、大和は亜芽里の腰を抱きかかえて退路を断った。

「亜芽里、逃げないで。俺をこんなに熱くした責任、取ってもらわないと」

「責任って……あ……あっ」

蜜で妖しく光る虚ろなそこにずぷりと先端が侵入する。

「あっ……あっ……あっ……」

大和がリズミカルに腰を押し進めるごとに隘路が押し広げられ、身も心も征服される恐れと更なる官能への期待に身悶えた。

すでに何度も貫かれているからか痛みは感じないが、やはり圧迫感がすごい。隘路が大和の分身の形に変形しているのがわかる。

「……っ」

大和は苦しげに眉根を寄せていたが、やがてシーツに手をつき、ぐぐっと欲望を最奥に突き入れた。

「ああっ……」

大和と完全に一つになったのだと実感させられる。

「亜芽里……」

大和は熱っぽい目で亜芽里を見下ろしながら、腰を上下左右に揺すぶり亜芽里の快感の在処を翻弄した。

「やっ……大和くっ……」

名前を呼ぼうとして口付けで塞がれる。

「んっ……ん……んんっ……！」

その間に大和は腰の動きを激しくしていった。ずるりと蜜口近くまで分身を引き抜く。

「あっ……」

唾液に濡れた亜芽里の唇から切ない喘ぎ声が漏れ出た。だが、今度は最奥までずんと音が響くほど穿たれ、霧のかかっていた視界が真っ白になる。

「あっ……だめ……そんな、のっ……ああっ」

半開きになった唇から爪先まで衝撃に近い快感が走る。もう大和に抱かれる前には戻れないのだと思い知った。

「亜芽里に駄目って言われると、ますます燃える……可愛い」

大和はなおも腰を動かし、亜芽里の弱い箇所を抉る。

「あんっ」

体の奥深くに与えられる愉悦に、自分のものとは思えない、甘く、高く、鼻にかかった嬌声が熱い息とともに唇から吐き出された。

視界にかかった霧が次第に濃くなり、かと思えば時折火花が散り背筋が仰け反る。

「あっ……ああっ……大和君……」

亜芽里はいやいやと首を横に振った。栗色の瞳に溜まっていた涙が頬に零れ落ち、その滴を大和が舐め取る。

「亜芽里は、涙も甘い」

囁きと同時に激しい突き上げから、腰を回すような動きに変わった。大和の形になり、ドロドロにぬかるんだそこを、緩やかに掻き混ぜられる。

その間に亜芽里は新たな快感の在処を探り当てられ、噎ぶように息を吐くのがやっとで、酸素が足りずに苦しさに喘いだ。

「やぁっ……あっ……い、けない。そこ……駄目ぇ……」

「そっか、いいんだ」

ぐぐっと屹立を弱い箇所に押し付けられる。

「あっ」

亜芽里は目を見開き大和の背に爪を立てた。

「あっ……そ、こ、おかしい。私、おかしい。あっ……」

子宮がきゅっと収縮するように痺れ、粘り気のない蜜がどっと大和との接合部から漏れ出す。

「いいんだよ、おかしくなって。……俺の前だけでは」

大和はシーツに両手をつくと、先ほどまでの緩やかな律動が嘘のように、征服欲を隠しもせずに獣じみた力強さで、亜芽里の最奥を穿った。

「あっ……そんなっ……あっ」

腰をくねらせ狂ってしまいそうな快感から逃れようとするが、力で敵うはずもなく結局大和に翻弄される。

下半身から欲望で串刺しにされ、繰り返し脳髄にまで雷に打たれたような衝撃が走り、また頭が真っ白になって何も考えられなくなった。

「亜芽里……！」

切なげな声で名前を呼ばれた次の瞬間、亜芽里の体内で熱い何かが弾けた。

「……っ」

大和は低く呻きながら、すべての精を子宮に送り込もうという雄の本能なのか、腰をぐいぐいと押し付ける。

「んあっ……あ、あっ……あっ……」

亜芽里は限界が来てぐったりと体を弛緩させた。そこに汗に濡れた大和が覆い被さり、顔中にキスの雨を降らせる。最後に唇を重ね合わせ互いの吐息を交換した。

「……ん」

――私、幸せ……。

朦朧とした意識の中でそう思う。好きな人に抱かれるのは、幸せなのだと瞼を閉じた。

亜芽里はその夜疲れからか深い眠りに落ち、目覚めるともう午前七時になっていた。枕元の置き時計の時刻を目にして飛び起きる。

「えっ、もうこんな時間!?」

朝食を作らなければならないのにと慌てる。

「大和君、ごめんね。すぐに準備するから」

ところが、隣がもぬけの殻だったので首を傾げた。また、裸ではなく下着もパジャマも着せられている。

（あれっ、大和君、どこへ行ったの？）

まさかと思いつつキッチンへ向かうと、やはり大和が手際よく料理をしていた。亜芽里の気配に気付き笑顔で振り返る。

「おはよう、亜芽里」

ただの笑顔ではなく満面の笑みだった。

「おはよう。大和君、何かいいことあったの？」

「うん。初めて亜芽里より早く起きた」

それで何が嬉しいのかさっぱりわからない。

大和は卵を溶く手を止めると、狐に摘まれた顔の亜芽里の髪に手を埋めた。

「亜芽里の寝顔見られたから。もうすごく可愛かった。つい何度もキスしてさ」

「……」

子どものように無邪気な笑顔に一瞬呆気に取られる。

「宝物を見つけた気分だ」

その一言に頬が熱くなるのを感じた。

「……もう、言いすぎだよ」

照れ臭さと多幸感が入り交じり、大和と目を合わせられなくなる。

だが、大和はそれを許さなかった。

「言いすぎなもんか。ああ、もちろん起きた顔も可愛いよ。ほら、こっち向いて」

腰を屈めてちゅっと亜芽里の頬にキスをする。

「もう一度したくなってきた」

「えっ……」

顎を摘まれ上向かされ、ぺろりと唇の輪郭をなぞられた。

「ひゃっ」

「ん、可愛い声」

もう三回可愛いと聞いた気がする。大和はまだ言い足りないのか、亜芽里に深く口付けると、「う～ん、可愛い」と唸った。

「俺の嫁さんは世界一可愛い。ヤバい。俺、これでも小説家なのに語彙なさすぎだろ。うん、でも可愛いから仕方ない」

「や、大和君、褒めすぎ……」

照れ隠しに大和の手元を覗き込み、その手際の良さに驚いた。

もうソーセージとベーコンはプレートに盛り付けてある。手早くフライパンのスクランブルエッグをそこに加え、更にオーブンから焼きトマトを取り出した。最後にトーストを添えて英字の缶詰を開けた。

「その缶詰なぁに?」

「ベイクドビーンズ。イギリスの朝食の定番だよ。白インゲンをトマトソースで煮込んであるんだ。イギリスに取材に行った時日本にない味で感動してさ。都内のスーパーにも売っているところがあったから」

「美味しそう!」

「ああ、美味いぞ。でも、もっと美味いものがある」

「えっ、何?」

大和は亜芽里の唇にもう一度キスを落とした。

「もちろん、亜芽里とのキス」

確かに大和とのキスの味はハチミツよりも甘かった。

第四章　大和君と嫉妬

亜芽里は小学校の頃、「将来の夢」というテーマで、作文を書いたことがある。

クラスメートは男子なら野球選手や医者。女子ならパティシエや美容師、男女共通であれば教師や獣医などが多かった。

亜芽里はその中で一人、「花屋さん」と書いた。好きな人のお嫁さんになりたいとも。

ところが、友だちの一人が「それって夢？」と首を傾げた。

『だって、亜芽里ちゃんのうちが花屋さんなんでしょ。だったら、絶対になれるじゃない。それって夢だって言えるの？』

夢とは自分の手で一から始め、情熱を持って叶えるべきではないか──友だちの主張に亜芽里は戸惑った。

──だって、私は花が好きで、お父さんとお母さんのお店が好きで、それだけじゃいけないの？

とはいえ、亜芽里は争いを好まなかったので、「そうかもしれないね」と笑うしかなかった。そこに、亜芽里の前の席に座っていた、いつもは物静かで口数の少ない大和が、珍しく「いいじゃないか」と割って入ったのだ。

『僕、亜芽里ちゃんのお父さんとお母さんを知っているけど、花にすごく詳しくて博士みたいだ。花束も魔法みたいに綺麗に作るんだから』

亜芽里の友だちは反論され面白くなかったらしい。大和に矛先を変えニヤニヤと嫌な笑みを浮かべた。

『源君、もしかして亜芽里ちゃんのこと好きなの？』

大和は躊躇いちらりと亜芽里に目を向けたが、やがて友だちを真っ直ぐに見つめて、

「うん、好きだよ」とあっさり肯定した。

周囲のクラスメートが「告白だ！」と囃し立てる。

当時大和は小柄で女の子のように可愛く、舐められがちなところがあったので、格好のネタ認定されたのだろう。

ところが、いつもと違って大和に動じた気配はなく、亜芽里の友だちに冷静に尋ねた。

『じゃあ、君は亜芽里ちゃんが好きじゃないのか？』

『それは……好きだけど』

『そうだろう？　亜芽里ちゃんを嫌いな奴なんていないしな』
巧みに話を逸らされ鼻白んだのか、友だちは「もういい」と自分の席に戻った。
亜芽里は何事もなかったかのように、作文の推敲をする大和に目を向けた。
『ねえ、大和君。……ありがとう』
小さな声で礼を言うと、大和は前を向いたまま、「大したことじゃないよ」と呟いた。
『だって僕は……』
亜芽里ちゃんが好きだから――。

――今朝は夢見がよかった。
子どもの頃の大和が登場したのだ。
(大和君、可愛かったな)
亜芽里は店内の掃除をしつつ、ついニヤニヤしてしまう。
――私、夢二つとも叶えたことになるのね。大和君はあの作文になんて書いたのかな？
記憶を探る間にトラックが店の前に停まる。雅樹が取引先の生け込みから戻ったのだ。
「お帰りなさい」
余った花や花材、道具類を下ろすのを手伝う。
雅樹は荷物を運び込みつつ、「今日、取引先を一つ紹介されてさ」と、亜芽里を振り返った。

「二つ隣の駅の西口にあるホテルタカヤマって知っている？　前リニューアルしたところ」

「ああ、はい。結構大きなホテルでしたよね」

元華族の資産家が創始者という高級ホテルだ。運営グループはいくつもの子会社を持ち、海外にも事業を展開している。

「そこからロビーの生け込みを頼まれてさ」

「えっ」

高級ホテルの生け込みは大手チェーン店や、長年取引のある生花店が受注することが多い。あるいは、いくつかの候補から決定するか——なぜ下町のお花屋さんから始まったフラワーショップクレイにそんな話が舞い込むのかが不思議だった。

ともあれ、大手ホテルの仕事はありがたかった。

「そこから仕事先が広がるといいですね」

「ああ、そうだね。それで亜芽里ちゃん、先方は亜芽里ちゃんを希望なんだ」

「えっ!?」

「多分、週刊誌の記事を読んだんじゃないかな？　やっぱりメディアの効果はすごいな」

確かに、以前取材を受けた際、フラワーアレンジメントをいくつか掲載してもらったが、あの程度のサンプル数では高価な生け込みには不十分ではないか。

「わかりました。ホテルタカヤマさんの担当者はどなたですか？」

「高山知也《たかやまともや》さんって人。まだ若くて二十代後半くらいじゃないかな。結構目立つタイプだったよ。名刺、カウンターに置いておくからさ」

「高山さんってことは、経営者一族なんでしょうか」

「多分そうだろうな」

「緊張しますね……」

　フラワーショップクレイの発展のためにも、ぜひ一度きりではなく顧客になってほしかった。

「早速来週から行ってくれる？　まず予算なんかを直接会って詰めたいって」

「わかりました」

　ホテルのロビーの生け込みは大規模かつ高額なものが多い。フラワーアレンジメントの腕の見せ所だった。

　高級ホテルのラウンジで打ち合わせとのことなので、さすがにエプロン姿というわけにはいかず、数年ぶりにスーツに袖を通すことになった。

　自動ドアを潜り洗練されたロビーに目を奪われる。客は身なりがよく上品なミドル層が多かった。

天井からはサンダーソニアがいくつも連なったような、デザイン性の高いシャンデリアが吊されている。灯りは落ち着きのあるオレンジで、ラグジュアリーかつリラックスできる雰囲気があった。

照明だけではなく壁やスポットライト、調度品もチェックする。

——配色はライトベージュとダークブラウン。ちょっと灯りが弱いから、パステル色かビビッド色の花がいいかも……。

待ち合わせ場所の一階ラウンジへ向かう。ウェイターに声をかけると、「ただいまご案内します」と、予約席へ連れていってくれた。

——あら？

唐草模様の椅子にゆったり腰かける男性に見覚えがあったので目を瞬かせる。

男性は亜芽里に気付き席を立った。

「お待ちしておりました」

「平野先生？」

そう、なるべく二度と会いたくはなかった平野知臣だった。ネイビーカラーのブランド物らしきスーツがよく似合う。容姿が際立っているだけではなく、恵まれた育ち特有の上品さがあり、ラウンジ内の他の客と一線を画していた。

「驚かせてしまって申し訳ございません。平野知臣はペンネームで、本名は高山知也なんです」

以前、平野知臣は資産家出身だと聞いたことがあったが、まさか有名なホテルの創業者一族の血縁だったとはと驚く。

「飲み物は何にしますか？」

「あっ、では、コーヒーで」

促されて腰を下ろすと、知臣は身の上を説明した。

「一応、こちらが本業ということになっております。当ホテルの総務部長ですね」

専業の小説家なのだと思い込んでいたので驚く。

「まあ、家の事情もありまして。正直申し上げますと、お飾りの役職です。気が向けば雑務をこなすといった感じで。この件は源には内緒にしておいてください。できれば、僕がフラワーショップクレイに頼んだということも……」

つまり、コネで役職付きになったということなのだろう。知臣は謙遜しているようだが、無能であればいくら創業者一族でも、さすがに部長にはなれないだろう。

「かしこまりました。個人情報の取り扱いについては、当社も厳格な規則がございますのでご安心ください」

亜芽里は個人的にはこの仕事を断りたい思いで一杯だった。間を置いての二度目の接触はさすがに偶然だとは思えない。知臣は一体何を意図しているのか。

だが、フラワーショップクレイにとっては大手ホテルの顧客が増えるのはありがたい。

自分一人の我が儘で機会を潰すわけにはいかなかった。

「それでは、早速お話に移りましょう」

早速バッグからメモとファイルを取り出し、ホテル向けのサンプルのページを開いて見せる。

「ご予算はおいくらほどですか？」

「ああ、その辺はそちらにお任せしますよ。テイストやデザインもご自由に」

「ええっ。と申しましても、予算は結構幅広いのですが……」

知臣は足を組んで微笑みを浮かべた。

「何せ、僕に決定権がありますからね。源さんのご自由にどうぞ」

「……」

その長髪の似合う整った顔立ちと堂々とした態度で、女を一ダースまとめて落とせるだろう。

いずれにせよ、いくら全面的にお任せされたところで、後からクレームが来るのは御免なので、知臣の好みをそれとなく聞き取っていく。

「照明が少々弱いので、鮮やかでぱっと映える花がいいと思うんですね。室内の配色から和のテイストも合うと思います」

「鮮やかな色がいいなら赤か。でも紫なんかも捨てがたいな」

「組み合わせることもできますから」

ある程度話を詰めたところで、イメージに近いサンプルの写真を見せる。

「こちらのフラワーアレンジメントのような雰囲気になりますね」

「ああ、いいですね。よろしくお願いします」

知臣はコーヒーを一口飲み、「意外でした」とまた笑った。

「以前は可愛い生花店のお姉さんという雰囲気だったのに、今日はキャリアのある女性に見えて」

実際、生花店の店員としては六年目であり、学生時代からのアルバイト扱いの期間を含めると十年以上になる。ある意味、キャリアパーソンなのかもしれなかった。

「ありがとうございます。そんな風に言っていただいたのは初めてです」

知臣がなぜか目を瞬かせた。

「――亜芽里さん」

知臣は「源さん」ではなく「亜芽里さん」と呼び、目を細めて亜芽里を見つめる。しかし、亜芽里は仕事でも名前を呼ばれることが多いため、まったく意識せずに「はい、なんでしょう?」と顔を上げた。

「このあと食事はいかがですか」

高層階にあるレストランにランチのコース料理があるのだという。

「評判のいいフレンチレストランで、きっと気に入っていただけるかと」

「……」

脳裏で警笛が鳴る。

——この人は私の何を探ろうとしているの？

仮に自分と同じ力があるのだとすれば、心を読まれるのが怖い。本能的な恐怖を覚えた。

それに、他の男性とのランチなど、大和が知れば気にするに違いない。とはいえ、ホテルタカヤマはこれから二号店の重要な顧客になり得る。店長になったばかりの雅樹の顔を立てる必要もあった。

何より自身が知臣の意図を把握したいのもあり、少々迷いつつも「喜んで」と答える。

——そう、触れなければいいだけよ。

「フレンチは久しぶりです」

「どちらのレストランに行ったのですか？」

「あっ、違うんですよ。大和く……夫との新婚旅行先がフランスで」

文字通り本場のレストランのフレンチだけではなく、街中の焼き栗やフランスのファミレスの食べ放題まで様々な料理を楽しんだ。

「夫に色んなところに連れていってもらったんですけど、どれもとても美味しかったですね」

いつの間にか惚気になっていたことには気付かなかった。

「そうですか。気に入っていただけるか心配になってきました」

知臣は気まずそうに苦笑していたが、「行きましょうか」と席を立った。

「あの、お会計は……」

「もちろん、結構ですよ。僕が亜芽里さんをお招きしたのですから」

フレンチレストランでは街を一望できる窓側の席に案内された。知臣はモダンな店内の調度品にしっくり馴染んでおり、こうした場に慣れているのだと実感させられる。

(大和君や高山さんに比べると、私ってほんと庶民だな)

ランチは真鯛のポワレバターレモンソースがメインで、前菜のズワイガニとキャビアのレムラードもラ・フランスのコンポートも美味しくいただいた。

料理は美味しく会話も一般的な内容で、知臣が接触テレパスではないかとの疑いは、また思い過ごしだったかと拍子抜けする。

「源とはよく外に食べに行きますか?」

「自炊が多いですね。大体私が作っていますが、大和君も面白いレシピを見つけると、試してみたいってキッチン占領しています」

「源が料理？」

「あっ、ご存知なかったですか？　結構好きみたいで凝ったものを作ってくれますよ」

ふんわり笑って語る亜芽里に二人の仲が良好だと察したのだろう。知臣は「熱に当てられそうですね」と苦笑した。

「お二人は幼馴染みだとお聞きしましたが、どれくらいの付き合いがあったんですか？」

「あはは、私が生きた年月と同じくらいです」

「ということは、二十六年？」

さすがに驚いたのか「よくもまあ……」と呟きはっとする。

「申し訳ございません。それでは、新鮮味などはないのでは？」

「気にしないでください。結構聞かれるんですけど」

一緒に暮らすことで大和の思いがけない一面を知り、そのたびにドキドキして毎日が新鮮だ——そう言いかけて口を噤む。

——思いがけない一面ってどんなところって聞かれるかもしれない。……大和君のカッコいいところも、可愛いところも他の人には話したくないな。

自分だけが知っていたかった。

生まれて初めて抱いた独占欲に照れつつ、「確かにそうですね」と当たり障りなく答えておく。

「家族みたいなものでしたからね。だけど、お互いのいいところも悪いところももう知っているって、一緒に暮らす上では楽でもあるんですよ」

「……なるほど」

知臣はグラスの水を一口飲み水面に目を落とした。

「では、付き合っていた頃から喧嘩をしたことは一度もなかったですか？」

「ないですね。大和君はのんびりした性格で」

「それ以外で源に嫌気が差したことは？　俺からすれば源も大した男じゃない」

「……」

いくら今後取引先になるとはいえ、無礼な質問にさすがに絶句する。

知臣はなおも亜芽里に尋ねた。

「人間の本音の醜悪さに吐き気がしたことはありませんか？」

さすがにこの一言に目を見張る。知臣の意図を摑みかねたからだ。

知臣は腕を伸ばし亜芽里の手を摑んだ。

「ちょっ……」

慌てて引こうとして知臣のはっきりした心の声に目を見開く。

（……ないはずがない。俺には何度もあった。あなたと同じですから）

――まさか。

亜芽里は息を呑んで知臣を凝視した。

やはり知臣にも人の心の声が聞こえるのか。

「その通りです」

知臣は溜め息を吐いて苦笑した。

(俺も触れるとその人の本音がわかる)

知臣は口では語らず心の声で語った。

触ることで幼い頃から仮面夫婦の両親の本音を知ってしまい、人間に失望し、うんざりしてきたのだという。

(互いに愛人がいるだの、この男と結婚すれば一生安泰だの、少々きつい環境でしたね。亜芽里さんはどうでしたか)

衝撃のあまりしばし言葉が出てこなかった。

知臣は無言で亜芽里を見つめる。

(驚いたのは俺も同じですよ。同類がいるなんて思わなかった)

——決して認めてはいけない。

だが、その心の声も知臣には読まれていた。

「安心してください。誰にもバラすつもりはありませんよ」

今度は声に出してそう告げる。

「……一体、何が目的なんですか」

「そんな目で見ないでください」

知臣は苦笑し手を解いた。

「ただ、これからも時々あなたとこうして話したいだけです。……今まで打ち明けられる人なんていなかったんですよ」

軽く溜め息を吐く。知臣はまだ三十歳前だと聞いているが、目にその年齢相応の若々しさがない。

「なぜ俺たちにこんな力があるのかわかりますか」

「……」

亜芽里は人に触れて気持ちが読める、その理屈や原因が知りたくて調べようとしたが、書籍でもネットでもオカルトめいた怪しい資料しかなく断念したことがある。だから答えようがない。

知臣は窓の外に目を向けた。

「人体には微弱な電流が流れているそうです。心電図はそれを利用して心臓の異常を調べることができる。同じく脳にも脳波という電気信号が流れている。俺たちはきっとその電流に異常に敏感で、感情や言語に翻訳する能力があるのだと思います。だから、触れなければわからない」

そういえば大和からもそんな話を聞いたことがあった。専門用語満載でもっと難解な説明だったため理解できなかったが。

「きっとまだ戦争が頻発し、国も法律も未熟で世の中が殺伐としていた頃、俺たちの祖先は明日に命を繋ぐためにこの力を進化させたのだと思います」

裏切り者なのかそうでないのかを見分けられれば生き延びる確率も高くなる。

「だけど、現代では——」

知臣は再び視線を亜芽里に向けた。

「亜芽里さん、恋をしたことはありますか」

「えっ……」

「友情を信じたことは」

亜芽里は恋をしたこともあれば友人もいた。

だが、なぜか知臣の暗い瞳を見ているとそう答えられない。

知臣は頬杖をつき目を細めた。

「まあ、なければ源と結婚はしていませんよね。……源は亜芽里さんがテレパスだと知っているのですか？　いいや、そんなわけがないか。知っていて結婚できるものか。俺だったら耐えられませんからね。一方的に心を読まれるだなんて」

「……」

そう決め付けられると大和はとっくに知っていますとは言い辛い。

「高山さんのご家族や親しい方はご存知ないんですか？」

「言えるわけがないでしょう。精神科に放り込まれるか、化け物扱いされるだけですよ。あなただって俺を怖いと思っていたでしょう？　……心を読まれるのに嫌悪感を覚えたでしょう？」

化け物扱い――強烈なその表現に青ざめる。

――もし、大和君が受け入れてくれなければ、私はどうなっていたんだろう？

「亜芽里さん」

知臣は真っ直ぐに亜芽里を見つめた。

「あなたを理解できるのは俺だけですし、俺を理解できるのもあなただけだと思います。……こうして話しているだけで気が楽になる。どうかこれからも時々でいい。こうして会ってもらえませんか」

昼食後、亜芽里は知臣にロビーまで送られたが、そこから先どう店に戻ってきたのかをよく覚えていない。

気が付くと大和と暮らすマンションに帰っていた。ドアを開けて「ただいま」と声を出すと、すぐに大和が書斎から迎えに出てくれた。眼鏡の奥のチョコレート色の瞳が、亜芽里を映して甘く光る。

「お帰り。うーん、やっぱりいいな」

「いいなって何が?」

「亜芽里のスーツ姿! キリッとしていてできるお姉さんって感じに見える。カッコいい」

「もう、大和君って褒めてばっかりだね」

「いいだろ。実際そうなんだから」

亜芽里は大和の胸にぽすりと顔を埋めた。長い腕が背にそっと回され、優しく抱き締めてくれる。

「ん? どうしたんだ?」

「……」

力強く脈打つ心臓の鼓動が聞こえる。同時に、大和の思いやりも感じ取った。

(どうしたんだろう? 元気がないな。大丈夫かな。腹減ったのか? それとも風邪とか? メシ? 薬? それとも風呂?)

ようやく落ち着きを取り戻しほっと息を吐く。同時に、大和がなぜ高校以降、自分を避けていたのかがよくわかった。

――大和君だって男の人だもの。きっと、エッチなこととかたくさん考えて、それが私に伝わらないようにしていたんだ。

　ショックを受けるに違いないと案じたのだろう。

　確かに、思春期を迎えてから、亜芽里は心の声が聞こえることで、特に異性の本心には少なからず傷付いた。

（この程度の女なら俺も落とせそう）

（ああ、畜生。いい乳してる。やりてえなあ）

（ったく、女のくせに、うるせえんだよ）

　どれもあまり聞きたい心の声ではなかった。

　――……だけど、それがその人のすべてじゃない。

　大和の温もりを感じながら思う。

　父の直樹にも母の礼子にも仲のいい友だちにも嫌なところや醜い気持ちはあった。もちろん、自分にも。だが、同時に優しさや、思いやりや、道を見失ってはならないと踏ん張って生きる意志――それこそが人間の尊さなのだとも知っていた。

　だが、知臣にとってはこの世界は居心地のいい世界ではなかったようだ。身内すら信じられない、地獄のような日々だったのだろう。

　不意に大和の思考が脳裏に流れ込んでくる。

（亜芽里の胸ってやっぱり重量感が……。やば、勃つ。ブラ越しでも乳首のかたさがわか

っ）

大和ははっとして腕を解き、亜芽里の肩を摑んで引き剝がした。

「……悪い！」

「えっ、悪いって何が？」

「俺、今エロいこと考えていただろ」

いつも落ち着きのある表情が慌てふためいている。

亜芽里は愛おしさが胸に込み上げてくるのを感じた。くすりと笑って大和の頰に手を伸ばす。

「ううん、いいの」

――……大和君がそばにいてくれてよかった。

それにしても、知臣は何が目的なのだろうと首を傾げる。知臣は自分たちを唯一互いに理解できるから、話すと気が楽になると言っていた。だが、亜芽里は知臣の意見に完全に賛同はできない。触れてわかる人の気持ちなどごく一部でしかないからだ。

知臣について大和に打ち明け、相談した方がいいのかと悩む。しかし、そうすると大和に知臣の秘密を教えることにもなるのだ。

――それは駄目。もう少し様子を見よう。

今は不安を大和の温もりで消し去りたかった。

「ねえ、大和君、私も今ちょっとエッチな気分。だから……ね……しよ？」

切れ長の目が大きく見開かれたかと思うと、大和は天井を仰いで亜芽里を再び深く胸に抱き締めた。


大和のおかげですぐに気を取り直すことができ、ホテルタカヤマでの生け込みの仕事も順調だった。

ただ、あの打ち合わせ以降、知臣から時々食事に誘われることがある。お茶だったり、ランチだったり、ディナーだったりと様々だった。まだ知臣の意図を計りかねているので、それを探るためにも何度かに一度は付き合っている。

しかし、知臣の大和に対する評価を知っているので、いい気分ではいられない。なぜたいしたことのない男だと簡単に言い切れるのかが不思議だった。ホテルタカヤマと取引をしている件は内密だったので、大和に後ろめたい思いもある。

そんな中で一ついいニュースがあった。

すでに終了した大和原作のドラマが、今度は映画化されることになったのだ。しかも、監督は大和が学生時代から憧れていた人物なのだという。

亜芽里は夕食のエビグラタンを食べる手を止めた。

「ええっ、佐久間《さくま》監督って私も知っているよ。前アカデミー賞取った人でしょう？　すごいね！」

「だろ？　俺もびっくりしてさ」

大和はよほど嬉しいのか、満面の笑みを浮かべている。子どもの頃のようで亜芽里も思わず笑った。

「ストーリーは続きになるの？」

「いいや。映画用の完全書き下ろし。脚本も俺」

そのために、今後監督との打ち合わせが増え、忙しくなるので帰れない日が増えるそうだ。

「寂しい思いさせてごめんな」

「ううん、だって、お仕事でしょう？」

笑って答えながらふとあることが気になり首を傾げる。

「キャストはドラマの時と同じなの？」

「ああ、評判がよかったからな」

ということは、以前大和がスキャンダルをでっち上げられた女優、羽田カノンも出演するということだ。

披露宴後の招待客の見送りの際、思いがけず聞くことになった、カノンの生々しい心の声を思い出す。カノンは亜芽里に「ブス」だの、「努力していない」だけではない。何度も「ずるい」と繰り返していた。一体何がずるいというのか――自分に悪意を持つカノンが、大和と仕事をすることにふと不安になる。

グラタンのエビをスプーンで掬い上げつつ口を開く。

「あのね、大和君、羽田さんのことなんだけど……」

「うん、羽田さんがどうしたの？」

「……うん。その……普段のファンデーション、何を使っているのか聞いておいてくれる？」

「ああ、わかった。亜芽里もその辺、やっぱり女の子だよな」

大和の笑顔にズキリと胸が痛んだ。

――私ったら、何を考えていたんだろう。

いくらカノンの悪意を感じ取ったからといって、大和に伝えていいはずがない。カノンも知られたくないだろうし、それこそプライバシーの侵害だ。

同時に、なぜそんなことをしようとしたのかと首を傾げ、自分の中に嫉妬が生まれているのに気付いて苦笑する。

――私、大和君をすっかり好きになっていたんだなあ……。

そして、誰かを好きになることとは、自分の醜さや負の感情とも向き合うことなのだと、あらためて思い知った。

「頑張ってね」

笑顔でそう言いながら、大和に自分の心の声が聞こえなくてよかったと、内心溜め息を吐く。

――どーんと構えていなくちゃ。私は大和君の奥さんなんだから。

嫉妬している自分など知られたくはなかった。


映画化作品の宣伝にはネットを大いに活用するらしく、大手の動画共有プラットフォームで監督や出演者、原作者兼脚本家の大和との生配信の対談が組まれるのだという。

亜芽里ももちろん、大和の出演する対談はチェックしていた。

対談の組み合わせは監督と大和、カメラマンと大和と様々だったが、中でも最も注目されれ、視聴回数が跳ね上がった動画が羽田カノンとの対談だった。羽田カノンは人気女優なので彼女目当てが多かったのだろう。

亜芽里は少々躊躇いながらも、大和目当てで動画を開いた。

羽田カノンは主役のパートナー役に抜擢されるだけあり、同性の亜芽里でも可愛くて見惚れるほどの容姿だった。画面越しでもわかる陶器のようにきめ細かい肌、長い黒髪と潤んだような大きな目も魅力的だった。パンツにブラウスのシンプルな格好が、スタイルのよさを引き立てている。

——やっぱり可愛いなあ。

亜芽里が溜め息を吐いていると、司会者らしき男性がカノンに話を振る。

『羽田さんは大のミステリーファンだそうですね？』

『ミステリーファンっていうより、源先生のファンなんですよ。だから、藍《あい》役に決まった時は夢みたいで、大変なことになっちゃったとも思いましたね。あのキャラクターを私が演じきれるのかって。だって、ちょっとミスキャストっぽくないですか？』

『それは……』

『でも、ドラマは評判よかったですよね。視聴率もダントツでしたし』

亜芽里の心臓がドキリと鳴る。カノンが媚びを含んだ目を大和に向けたからだ。

『源先生のために頑張らなきゃって思って』

司会が「おっ、聞き捨てならない発言ですね」と茶々を入れる。

『自分のためではなく源先生のためですか？』

『はい。私、さっき先生のファンだって言ったでしょう？』

司会が気を遣ったのか、チラリと大和に目をやり、「確かに源先生の作品は面白いですよね」と、映画の話題に戻そうとする。それでも、カノンは大和を見つめたまま言葉を続けた。

『だから、源先生が結婚してしまって、本当に残念ですよ』

動画のコメント欄が怒濤のごとく更新される。「源って既婚者だろ?」、「だいたーん」、「人のものをほしがるとか、ちょっと幻滅した」だの、内容は様々だったが、いずれにせよ、話題になっているのは確かだった。

大和が魅力的な男性なのは亜芽里も十分承知していた。それでも、こうもはっきり好みだと言い切られると、妻としていい気分でいられるはずがない。カノンも亜芽里が対談を視聴しているとは予測しているはずで、なぜこんな真似をするのかがわからなかった。

——なんだか、やだな……。

大和から電話がかかってきたのは、対談が終わってしばらくしてからのことだった。

『これから一週間ほど缶詰になる。俺の分の夕飯はいらないから』

「うん、わかった」

『ごめんな。でも、来週の月曜日の夕方には帰るからさ』

本当ならすぐにでも帰ってきて、そっと抱き締めてほしかった。大和の温もりと心の声を聞いて安心したかったのだ。

だが、ぐっと堪えて笑みを浮かべる。

「じゃあ、また帰る時連絡してね」

——我が儘言って困らせちゃだめ。これは大和君の仕事なんだから。

カノンはなんの意図があるのか、その後もたびたび「大和が好みだ」と発言し、ファンや周囲を騒がせた。

亜芽里はなるべく耳に入れないように意識していた。しかし、大和と映画化される新作、羽田カノン、すべてが今一番ホットな話題になっている。テレビを見ていても、雑誌を読んでいても、スマホを見ていても、ふとした拍子に目に飛び込んでくる。

——参ったなあ……。

大和とカノンが並んで立っていると、容姿や雰囲気が釣り合い、お似合いなのでまた堪えた。自分の平凡さを思い知らされる。ありのままでいいのだと思い切れなかった。

一週間が経ち大和が帰ってきても、いつものように素直に嬉しいと思えない。だが、大和は連日の仕事で疲れているのだ。不愉快な思いをさせたくなかったので、接客で鍛えた笑顔スキルを駆使して出迎えた。

「大和君、お帰り。大変だったね。先にお風呂に入る？」

「うん、そうしようかな。ちょっとゆっくり浸かりたい」

亜芽里はいつものように大和のジャケットを脱がせた。

「じゃあ、今から入れてくるね」

「……」

大和が不意に腰を屈めて目を覗き込む。

「や、大和君？」

気が付くと眼鏡越しのチョコレート色の瞳がすぐそばにあった。一週間ぶりに見る黒い眉や切れ長の目、通った鼻筋と薄い唇、シャープな輪郭に心臓がドキリと鳴る。

「亜芽里、何かあったのか？」

「えっ……」

「元気がないから」

自然な笑顔だったはずなのにと目を瞬かせる。

「そんなことないよ。どうして？」

「どうしてかわからないんだけど……」

大和は「やっぱり好きだからかな」と苦笑した。

「微妙な表情の変化に気付くようになったというか……」

大和にとって結婚前の亜芽里はふんわり、おっとりした女の子という認識だった。だが、一緒に暮らすようになり、亜芽里の笑顔は苦しかったこと、悲しかったこと、腹立たしかったことを覆い隠すためではないかと思い至るようになったそうだ。

「人の心が読めると嫌なことは多いだろ。人間、エグいところの方が多いしな。自分で実感できるくらいだから」

それでも、人嫌いにならずに優しくできる亜芽里は、実は誰よりも強いと感心したのだという。

「でもさ、俺の前くらいでは強くなくていいから」

「大和君……」

「男って好きな女に頼られるのが嬉しいんだ。むしろ、それが存在意義だろ」

亜芽里は大和の言葉を聞きながら、次第に恥ずかしくなって俯いた。

「……私、そんないい人じゃないよ」

いい人であればそもそもこんなくだらない嫉妬自体しないと思う。

「なんだ、亜芽里が自己嫌悪だなんて珍しいな。何があった？」

大和は亜芽里の頬を手で覆って上向かせた。眼鏡を外し靴箱の上に載せる。

「言わないとキスするぞ」

声を上げる間もなく唇を奪われる。

「んっ……」

大和は一旦唇を離したかと思うと、熱の籠もった目で亜芽里を見下ろし、今度は噛み付くように口付けた。歯の狭間から舌を入れられ、呼吸もろくにできなくなって喘ぐ。

「ほら、早く教えて」

(教えないとこのままキスし続けるけど？)

息苦しさに耐えかねついに吐き出してしまった。

「あ、あの……羽田さんが気になって」

「羽田さんって前対談した？」

「そ、そう。あの人、大和君が気に入っているみたいだったから……」

素直に嫉妬しているのだと表現できない。

大和は気まずさにモジモジする亜芽里を、食い入るように見下ろしていたが、やがて大きく溜め息を吐いた。

「つまり、羽田さんに嫉妬してるってことだよな？」

「……」

はい、そうですと頷けずに俯いてしまう。大和の心の声も聞こえなかったので、よほど呆れているのかと思いきや、次の瞬間、いきなり腰と膝裏に手を回され抱き上げられた。

「きゃっ！」

思わず大和の首に手を回す。

大和はそのまま真っ直ぐにバスルームに向かった。

「や、大和君!?」

「亜芽里、俺が今何考えているのかわかる？」

「えっ……」

（亜芽里が妬いてくれるなんて、生きててよかった！）

「……」

恥ずかしげもない心の声に絶句する。

「や、大和君、喜んでいるの……?」

「当たり前だろ。だって、俺ばっかり好きだと思っていたから」

「えっ、でも、私ちゃんと前好きだって言って……」

「それでもさ」

大和は脱衣所で亜芽里をそっと下ろすと、亜芽里のTシャツに手をかけバンザイで脱がせた。

「俺の方がずっと好きだろ」

「そ、そう?」

「そうだよ」

続いてジーンズを下ろされ慌てる。ブラとショーツだけになると、さすがに空調の効いた脱衣所でもひやりとした。

「ま、まさか、お風呂で?」

「だって、こんなに可愛く妬かれて、嫁さんを放っておくとか、それもう旦那でも男でもないだろ」

「だ、だからって……!」

大和はシャツを脱ぎ捨てると、亜芽里を抱き寄せ耳を囓った。

「ひゃっ」

「もっと妬いてほしいところだけど、抱くと俺の気持ちもバレるから意味ないよな。羽田さんのあの言動は多分宣伝だよ。炎上商法ってやつ。色恋沙汰の方が注目されやすいからさ。羽田さんも悪いイメージがつくと思うんだけど……」

「俺は嫌いなんだけどね」と低い声で呟く。

「羽田さんも悪乗りする方だから。でも、亜芽里が嫉妬する必要なんてない」

「本当に……？」

「俺に触れればわかるだろ」

大和は亜芽里の手を摑むと、自分の厚い胸に押し当てた。筋肉質の感触に戸惑う。

「や、大和君……」

「俺の気持ち、わかるだろ？」

心臓が力強く脈打っているのがわかる。

「……うん」

亜芽里が小さく頷くと、大和は薄い唇の端に笑みを浮かべた。

「最後まで脱がしてくれる？」

「……っ」

頬を染めつつ大和のチノパンを下ろす。続いてトランクスに手をかけると、自分がとんでもなくいやらしい女になった気がした。

「亜芽里、照れてる？」

「う、うん。だって、こんなことするの初めてだし……」

大和の赤黒い逸物が露わになりゴクリと息を呑む。それはすでに体積と質量を増してそそり立とうとしていた。

――私の中にこんなものが入っていただなんて。

ベッドの中では大和の顔ばかり見ていたので、生々しい雄々しさとグロテスクさを目の当たりにし、慄いてしまった。

「亜芽里、どうした？」

「う、うん、ちょっとびっくりして……」

幼稚園時代に一緒に入浴した際には、まったく意識していなかったように思う。あれから約二十年が過ぎて、子どもから男と女に分かれてしまったのだと思い知った。

「俺もさ、亜芽里の裸を見た時、ビックリしてドキドキしたよ」

「えっ……」

心を読まれたのだと気付いて、驚いて大和を見上げる。大和は微笑んで亜芽里を見下ろした。

「大和君、やっぱり私の心の声が聞こえるんじゃないの？」

「だといいんだけどな」

バスルームのドアを開け、シャワーのハンドルを捻った。

「まだわからないことばっかりで、不安だらけだよ」

熱いお湯が髪にかかり全身を濡らす。

「亜芽里の体ってやっぱりエロいな」

「えっ、そう？」

「ああ、鏡見てみろよ」

振り返ると備え付けられた縦長の鏡に、濡れた女の体が映っていた。しっとりした栗色の髪が、肩と背中に張り付いている。

一瞬、自分の肉体に見えずに亜芽里は目を瞬かせた。

結婚前——大和に抱かれる前よりも全体が丸みを帯びている。特に、曲線で描かれた尻と腿が際立っていた。乳房は更に豊かになっており、なのに、腰はきゅっと括《くび》れている。肌はお湯で濡れたからではなく、艶が増しきめ細かくなっているように見えた。

「私……こんな体だった？」

男を知って体がより女になろうとしているのだろうか——そう思うと羞恥心に頬が火照って思わず目を背けた。

「どうして見ないの？」

「だって……」

身も心も大和に変えられてしまったのだと思い知るからだ。大和はシャワーを手に取り、ほどよい温度のお湯を亜芽里の体にかけた。

俯いたままの亜芽里の気を引きたかったのだろうか。

「きゃっ！」

「まあ、俺が見ていればいいか。亜芽里は感じているだけでいい」

「感じているだけって……」

不意にお湯を乳房に当てられ、思わず「あっ」と声を上げる。

「ん、その声可愛い」

今度はほんのり薔薇色に染まった、胸の頂に集中してお湯をかけられる。

「ちょっ……」

「亜芽里ってやっぱりここ、敏感だな。お湯でも反応するんだ」

「……っ」

自分一人でシャワーを浴びている時には、乳首にこんなゾクゾクする感覚を覚えたことはない。なぜ大和にされているというだけで、感覚までもが変わるのかと怖くなる。

「せっかくだし、左も」

「やっ……」

体が小刻みに震える。更に、わずかに開いた足の狭間にシャワーを挟み込まれ、「ひゃんっ」と甲高い声が浴室に響き渡った。

もう何度も大和に貫かれた蜜口を、大和の体温よりも高い温度のお湯が弄ぶ。花弁も花芯も洗われるうちに、次第に下腹部が熱くなった。

「……っ」

蜜口から零れ落ちる液体が、お湯なのか愛液なのかわからなくなる。

亜芽里は堪らず大和の背に手を回した。

「大和君……っ」

体の内側と外側、二つの熱に耐えかね縋り付く。この熱から早く解放してほしかった。

大和は亜芽里の懇願に応え、背と膝裏に手を回すと、力の抜け落ちたその体を抱き上げた。まず亜芽里を湯船に入れてから、続いてその背後に自分が腰を下ろし、張りのある尻をみずからの足の上に座らせる。

亜芽里は背に大和の厚い胸板の感触を覚え、また体温が上がるのを感じた。

「ちょっ……」

大和を振り返ろうとした次の瞬間、背後から伸ばされた手に両の乳房を鷲摑みにされる。

「あっ……」

強弱と緩急を付けて揉み込まれると、体の内側の熱が更に高まった。耳に届くお湯の音すら淫らに聞こえる。

「この胸に触れるのが、もう一生俺だけなのかと思うと、ほんと、嬉しい。燃える……」

「ああっ」

湯に浮かんだ張りのある豊かな乳房が、大きな手のひらの中でひしゃげ、また元の形に戻る。濡れた肌には指の食い込んだ赤い痕が付いていた。

熱から解き放ってほしかったのに、それどころか乳房への執拗な愛撫と全身を包むお湯、そして、尻の下に感じる熱くかたい大和の雄の証に亜芽里の体は更に火を付けられる。

「やっ……大和君……」

お湯がわずかに入り込んだそこを、早く大和の肉で埋め尽くしてほしかった。

「亜芽里っ……」

大和は亜芽里と体の位置を入れ替えると、壁に手をつき覆い被さるようにして目を覗き込んだ。

お湯に濡れた黒髪が額に張り付いている。シャープな頬の線からは水滴が零れ落ち、キラキラと大和の端整な顔立ちを彩っていた。

――綺麗……。

見惚れた次の瞬間、ぐっと右足を持ち上げられ、狭間に猛った逸物を押し当てられる。

「あっ……」

大和も理性の限界だったのだろう。ぐっと一気に腰を押し込んだ。

「ああっ……」

隘路を貫かれ最奥まで征服される感覚に身悶える。思わず湯船に手をかけて体を支えた。大和に突き上げられるたびに濡れた乳房が淫らに揺れる。

「あっ……大和君……激しっ……あっ」

間近にあるチョコレート色の瞳には、欲望の炎が燃え上がるのと同時に、亜芽里だけが映し出されている。大和を独り占めできているのだと実感し、ようやく安心することができた。

――大和君に抱かれているとほっとする……。

快感に溺れるだけではない。大和の心の声を聞き、情熱を感じ取ることができるからだ。できるならずっとこうしていたかった。


亜芽里に気を遣ったのだろうか。大和はそれ以降、カノンが同席した対談やインタビューでは「好みだ」と話を振られても、「僕は奥さんに首ったけですからね」とかわし、さり気なく話題を変えるようになった。

おかげで焼き餅を焼かずに済んでいる。代わって今日はだし巻き卵を焼いていた。

弁当箱の最後のスペースに輪切りにしただし巻き卵を詰め込む。

「……よし！」

亜芽里特製の愛妻弁当二食分の完成だ。一箱目のメインはチキン南蛮、二箱目はイカとエビのチリソースだ。どちらも大和の好物である。

「亜芽里、そろそろ行ってくる！」

「あっ、はーい。ちょっと待って！」

弁当箱をランチバッグに入れ玄関へ急ぐ。

「はい、大和君。お弁当」

手渡すと大和はランチバッグを捧げ持つように受け取った。

「サンキュ！　あの辺、美味いレストランも弁当屋も近くになくてさ。まあ、あっても亜芽里の料理が一番だけど。メインのおかずは何？」

「開けてからのお楽しみ！　じゃあ、お仕事頑張ってね」

大和は相変わらず忙しいようだ。だが、以前のような不安はなかった。

とはいえ、やはり一人きりの夕食や、話し相手がいないのも寂しい。

だから、大和が二日後帰宅したその夜は、一年ぶりに彦星と再会した織姫のように嬉しかった。

大和は「亜芽里の香りだ」と抱き締めてキスしてくれた。亜芽里もそれに応え大和の背に手を回す。

「あっ、朝ご飯にアボカド食べた?」

「そう、エビとアボカドのサンドイッチ。女の子向けの店で量がなくてもう俺餓死しそう」

「あはは、すぐにご飯用意するね。今夜はハヤシライスだよ」

その後夕食を済ませ、のんびりテレビのニュースを見ながら、二日分の距離を埋め合う。

「ねえ、大和君、毎日帰れるようになるのはいつ?」

「う〜ん、もうちょっと先かな。なんだ、寂しいのか?」

肩を抱き寄せられ瞼を閉じる。

「一緒にいるのに慣れちゃって」

亜芽里が素直に心情を吐露すると、大和は髪に軽く口付け、よしよしと撫でてくれた。

「もうすぐ山場も終わるからさ」

大和は多忙でも連絡は欠かさない。こうして帰宅すれば優しく愛してくれる。

しかし、この一週間一点だけ気になることがあった。

大和の懐のスマホが震える。

「はい、もしもし。あっ、はい。大丈夫です」

大和は亜芽里に断りソファから立った。

「仕事の電話？」と口の動きだけで尋ねる。「テレビを消すからここですれば」とも。だが、大和は「いいや、消さなくていいよ」と首を振って自室に向かっていく。

以前、映画の仕事が始まるまでは、打ち合わせの電話は大体居間でしていた。

——私に話を聞かれたくないの？

習慣が変わったのは電話だけではない。スマホを肌身離さず持っている。テーブルに置きっぱなしにもしない。

関係者からの電話がいつかかってくるかわからないのはわかるが、女の勘だろうか。何かを隠そうとしているように見えてならなかった。

——もう、考えすぎよ。ちょっと疲れているからかな。

最近体がどうもだるい。熱っぽくそのまま眠ってしまうこともあった。

体調が顔色に出てしまってはフラワーショップクレイのお客様にも申し訳ない。そう思っていた頃に二号店に思いがけない人物が来店した。

その日亜芽里のシフトは早上がりで、午後六時には帰れることになっていた。終業まであと三十分というところで、知臣がふらりと自動ドアを潜って現れたのだ。

「いらっしゃいま……平野先生？」

「お久しぶりです」

ライトグレーのスーツをカジュアルダウンして着こなしており、大和とはまた違った世慣れた大人の男性の魅力がある。とはいっても、自分の秘密を知っている上に、得体が知れないので関わりたいとは思えなかった。

――でも、大口のお客さんだし……。

フラワーショップクレイと両親、雅樹のためを思うと無碍《むげ》にもできない。愛想笑いを浮かべて出迎える。

「何かお探しですか?」

「ええ。花束を見繕ってほしいんです」

「どんな花束ですか?」

「亜芽里さんにお任せしますよ。予算はいつも通りいくらでも構いません」

「かしこまりました。どんな方に贈るのでしょう?」

知臣は笑みを浮かべて亜芽里を見つめた。

「優しそうで、ふんわりとした雰囲気の女性です」

「お付き合いされている方ですか?」

「まさか。俺が女性と付き合えると思いますか? 触れると何を考えているのかがわかるのに?」

「……」

今まで知臣と接触した女性の思考はなんとなく想像はできた。

知臣は皮肉げな笑みを浮かべた。

「金目当てだの、結婚したいだの、この男なら隣に並ぶと見栄えがするだの、ろくな女はいませんでしたよ」

だから、利用し返したのだと。

しかし――。

「それだけじゃなかったでしょう？」

亜芽里は思わず異論を唱えた。知臣は「それだけじゃない？」と首を傾げている。

「先生を利用しようとしたかもしれませんが、好意がまったくなかったわけではないでしょう。打算だけで動ける人間はそんなにいないと思います。私だってそうです。先生もそうではないんですか？」

亜芽里が意見を口にするとは思わなかったのか、知臣は目を瞬かせている。

「その人とずっと付き合ってみなければ、わからなかったことがあったんじゃないでしょうか？」

亜芽里はそこで我に返って「申し訳ございません」と頭を下げた。

「失礼なことを言ってしまいました」

知臣も立派な客なのに、なぜ身を弁《わきま》えなかったのか。だるいせいで気持ちも不安定になっている。

知臣が気まずそうに目を逸らす。

「……いいえ、失礼ではありませんよ。お仕事の邪魔をしてしまいましたね。どうぞ、花束をお願いします」

「はい……」

その言葉に甘え花を選んでいく。

取り敢えず、淡ピンクのガーベラのブラーバをメインに、結婚式などでもよく使われる、生クリーム色のホワイトバーバラを使った。他にも薔薇やマーガレットを交ぜ、ヴェールのように繊細な模様のオレンジと白の包装紙でラッピングする。甘いケーキを思わせる花束になった。

「どうぞ、こちらで八千二百円になります」

知臣は礼を言って花束を受け取った。気を取り直したのか口元に笑みが浮かんでいる。

「この店が人気があるわけがわかりますね。亜芽里さんのセンスがいい。人柄の出た優しいデザインです」

「……ありがとうございます」

今日はいつにも増してだるいからだろうか。何気ない褒め言葉がひどく嬉しい。

――私、どうしちゃったんだろう。

やはり、大和が缶詰や泊まり込みの連続で、近頃自宅に戻らないから寂しいのだろうかと密かに溜め息を吐く。これでは寂しさで死んでしまうウサギのようだ。

——お客様の前で暗い顔なんていけないのに。

「亜芽里さんはこのあとお帰りですか？」

「はい、特に予定もないので……」

無意識のうちにそう答えてしまっていた。

——いけない。いつもなら用事があるからって断るのに。

予定もないと明かしておいて、このあと断るのはさすがに気まずい。どうしたものかと内心頭を抱えていると、知臣は「そんなに悩まないでください」と苦笑した。

「食事とまでは言いません。お茶などはいかがでしょう？」

それくらいなら仕方がないと割り切る。

「はい。お茶なら……」

「よかった。断られたらどうしようかと思っていたんですよ。それでは、外でお待ちしておりますので」

知臣が花束を腕に店を出ていくのを見送る。

——でも、あの花束はどうするのかしら？

不思議に思いつつも終業の午後六時を迎え、知臣の指定した店の表通りに向かった。

「こちらですよ、亜芽里さん」

外車の運転席から知臣が手を振っている。鈍い銀色に光る嫌味のないデザインのスポーツカーで、知臣が一層引き立って見えた。

隣に乗るのは気が引けたものの、そもそも後部座席が存在しない。躊躇いながら隣席に腰を下ろす。

知臣がアクセルを踏むと車体は音もなく車道を滑り出した。

「近くのカフェなのでご安心ください」

ご安心くださいということは、知臣は警戒されていると気付いているのだろう。なのに、なぜそうまでして誘うのかと首を傾げる。

知臣は赤信号で停車すると「ちょっと心配だったので……」と苦笑した。

「心配……ですか?」

「はい。顔色が悪いので体調が優れないのかと気になりまして、少しでも胃に何か入れた方がいいと思ったんです。源は何も言わないんですか?」

知臣に指摘されてはっとして頬を押さえる。

確かに、近頃食欲もなく胃に量が入らない。

「そんなに元気がないように見えますか?」

「ええ、何か心配事でも?」

「……心配事はないんですけど」

なぜこうもだるいのかがわからなかった。

「取り敢えず、何か注文しましょうか」

知臣が車を停める。

連れて来られた店はデザイナーがプロデュースした、直線とシルバーで構成された近未来を連想させるカフェだった。

お洒落でなくていいので、大和と家でのんびりお茶をしたいとふと思う。

これは接待だと自分に言い聞かせ、知臣のエスコートを受ける。何気なくその手を取った瞬間、知臣の思考が流れ込んできた。なぜか以前のようにはっきりとはしておらず、意識しなければわからないほど小さな声だった。

(所詮、俺たちが普通の人間と付き合うなんて無理なんですよ。そろそろわかったんじゃありませんか？　今頃、源は羽田さんとよろしくやっていると思いますよ)

心臓がドキリと鳴り身が強張る。

羽田とは羽田カノンのことなのだろう。知臣は何か知っているのだろうか。

「亜芽里さん、どうしました？」

「あの、平野先生は羽田カノンさんをご存知なんですか？　大和君……夫と何かあったのでしょうか？」

聞いてからしまったと口を閉じる。

――私ったらうっかり……いつもはこんなことないのに。

知臣は「ええ、友人程度の関係ではあります」と頷いた。

「羽田さんは以前タカヤマがスポンサーになった番組に出演され、その縁で何度かお会いする機会がありました。今回の源原作の映画にもホテルを宣伝したいのもあって出資しているんですよ。リゾート地が舞台ですからね」

「そう、なんですか……」

一体、大和がカノンとよろしくやっているとはどういうことなのか。不安になりつつ席に着く。メニューにはソフトドリンクとアルコール、軽食があったが、どれも口にしたい気分にはなれなかった。オレンジジュースを頼み一息吐く。

「亜芽里さん、本当に大丈夫ですか？　飲み物だけではなく、何か注文した方がいいのでは……」

「食べきれない気がするんです。もったいないですから」

「サンドイッチくらいなら大丈夫でしょう」

よほど亜芽里が弱々しく見えたのだろうか。知臣はクラブハウスサンドイッチを勝手に頼んだ。ドリンクと料理が運ばれてきたタイミングでテーブルに手をつき、ちらりと上目遣いで亜芽里を見つめる。

「亜芽里さんの耳に入れたくはなかったのですが、早い話が羽田さんと源の関係が噂になっているんです」

「はい。その件については知っています。ですが、夫は炎上商法だと言っていました」

「今回、マスコミには漏れていないようですが、関係者内ではいくつか噂があって……」

たびたび二人きりでいる姿が目撃されていると続けた。

「そのうち、いくつかはホテル前だと聞いています」

亜芽里は動揺する心をどうにか落ち着かせて反論した。

「前もそうしたことがありましたが、偶然そう見えるように撮られただけだと思います」

知臣の目がキラリと光る。

「事実であったとしても、はい、そうですとは言わないでしょうね」

「……っ」

確かに、浮気をしている場合、簡単に認めるわけがない。だが、一つだけ確かめる方法があった。大和に尋ねて触れてみることだ。

――触れたら私には大和君の考えていることがわかってしまう。

他人の言葉に惑わされるな。大和を信じろと自分に言い聞かせたが、なぜかうまく感情を制御できない。二十六年目にしてこんな力がなければよかったと、オレンジジュースの水面に目を落とした。

「亜芽里さん、大丈夫ですか？」

「あっ、申し訳ございません」

「いいえ、動揺するのはわかりますよ。俺もそんな思いを何度もしましたから」

大和にたっぷり愛され、不安が解消されていたからだろうか。反動で動揺も大きい。脳裏で大和のチョコレート色の瞳が浮かんでは消える。

「亜芽里さん、俺でよろしければ相談に乗りますよ。もちろん、この件は源には漏らしません」

体調が悪いのであれば医師を、精神的に辛いのであればカウンセラーを、浮気の調査をしたいのであれば探偵を紹介するという。

「ありがとうございます……」

知臣は懐からスマホを取り出した。

「では、俺のプライベートの連絡先を教えておきます。ご相談ならいつでも乗りますから」

――……気分が悪い。

ろくにものを考えられない。とにかく早く家に帰りたかった。

その後知臣は車で自宅マンション前まで送ってくれ、大した重さのないバッグも持ってくれた。

「それでは、ゆっくり休んでくださいね。ああ、ちょっと待ってください」

車に引き返し見覚えのある花束を取り出す。

「あっ、それって……」

先ほど亜芽里が作ったものだ。

「お付き合いされている方に渡すんじゃ？」

「そんな女はいませんよ。……できるはずがありませんよ。近頃、亜芽里さんに元気がなさそうだったので、少しでも喜んでもらえればと思いまして」

それほど落ち込んだ顔をしていたのかとあらためて情けなくなる。同時に、知臣はなぜこうも親切なのかと首を傾げた。

「どうぞ」

「あっ、ありがとうございます」

ひとまず花束を渡されたので受け取る。その際軽く手が触れ合ったが、今度は知臣の心の声が聞こえなかった。

「……？」

何も考えていないはずがないのに、なぜわからなかったのかと目を瞬かせる。

逆に、知臣には亜芽里のそんな戸惑いが伝わったのだろう。

「亜芽里さん、どうしたんですか」と慌てたように声をかけられた。その際、肩に手をかけられたがやはり何も感じない。

今更のようにようやく気付く。

——私、最近ずっと大和君の心の声が聞こえなかったんだ。

以前までは大和の気持ちと実際口に出す言葉が完全に一致し、心の声を意識していないので気付かなかった。ところが思い返せば最後に聞いた知臣の心の声も小さかったし、一体何が起きたのかと戸惑う。

「亜芽里さん？」

「あっ、いいえ。なんでもありません。やっぱり体調を崩したみたいなんです。本日はありがとうございました」

「いいえ、こちらこそ」

知臣はエンジンをかけて発車させた。一人取り残された亜芽里はあらためて自分の手をまじまじと見つめた。


その夜、知臣からプレゼントされた花をキッチンで水切りし、ダイニングで生けていると、なんと大和が花束を手に帰宅した。

「ただいま亜芽里！　って、その花束は？」

知臣からだとはさすがに言えなかった。

「あっ、うん。お店で余っちゃって。大和君は誰からもらったの？　ファンの人？」

「違うよ。びっくりさせたかったんだけどな」

大和は亜芽里に花束を手渡した。

「この花、覚えているか？」

アンティーク風の包装紙に包まれた、腕一杯のコーラルハートだった。

確か、新婚旅行で大和が贈ってくれたオレンジピンクのバラだ。

「帰り道の花屋で見かけたんだ」

すっかり嬉しくなってあるだけ買ってきたのだという。大和の中ではコーラルハートが亜芽里の象徴になっているらしい。

「……ありがとう」

ひどく嬉しい。同時に、なぜいきなり花を買ってきたのかと訝しむ。こんな時まで疑念を抱いてしまう自分が情けなくて、泣いていいのか笑っていいのかわからない。

「ねえ、大和君」

「うん、なんだ？」

「くっついていい？」

「どうした？　最近甘えん坊だな。大歓迎だけどさ」

亜芽里は花束をテーブルに置くと、覚悟を決めて大和の胸に頬を当てた。大和がそっと優しく抱き締めてくる。

広い胸の奥から力強い心臓の鼓動が聞こえる。

だが、それだけだ。心の声は一言も聞こえなかった。

第五章　大和君が大好き

――やはり人の心の声が聞こえなくなっている。

亜芽里は呆然と自分の手のひらを凝視した。

大和や知臣だけではなく両親や義父母、知人、友人、誰の本音もわからない。

――普通の人は皆、こんな不安な思いに耐えていたんだ。どうやって好きな人を信じているの？

一体、どう乗り越えているのかと溜め息を吐いたのと同時に、スマホに見覚えのないアドレスからメールが送られてきた。

スパム対策はしてあったはずだがと首を傾げつつ開き、直後に心臓を握り潰されたような胸の痛みに見舞われる。

「何、これ……」

カノンが大和にもたれかかっているだけではない。首に手を回してキスをしている写真が添付されていた。

「……っ」

明らかに浮気現場だった。

——一体、誰がこんな写真を……。

大和がどこにいるのか知っていなければ撮れない写真だ。ゴシップ誌やネットに掲載されていたのかと検索してみたが、まだそうした情報は出ていない。亜芽里をターゲットにして送られてきたものだとしか思えなかった。

また気分が悪くなり吐き気を覚える。

近頃、横になって休んでもだるさが取れない。一度病院に行かなければと思うものの、体を動かすこと自体が億劫だった。仕事に行くのがやっとだ。

——でも、大和君が浮気していたとして、私はどうしたいの？

別れるなど考えられなかった。

——だって、私、大和君のことが好きなのに。

頭がぐるぐると回り枕に突っ伏す。それでも、電話がかかってきたのでなんとか顔を上げた。

「……大和君？」

画面に表示された名前は大和ではなく母の礼子だった。少々がっかりしつつも「はい、もしもし」と電話に出る。

『あっ、亜芽里？　近くまで来たから遊びにきたのよ。ケーキ持ってきたから開けてくれる？』

「お母さん……？」

力を振り絞って起き上がる。

体調が悪い上に衝撃的な写真を目にしたので、心細くなっているのだろうか。無性に母に会いたくなっていた。

のろのろとマンションのドアを開けると、礼子は幽鬼さながらに生気のない娘に驚いたのだろうか。血相を変えて亜芽里の肩を摑んだ。

「どうしたの、顔色悪いわよ。風邪引いたの？」

「うん、ちょっと気分が悪くて……」

「寝ていなさい！　卵雑炊作ってあげるから」

礼子にベッドに押し込まれて、勢いに押され「……うん」と素直に頷く。母の強引なお節介さが今はひどく嬉しい。子どもの頃に戻った気分だった。

それから約十五分後、礼子は卵雑炊の入った茶碗、スプーン、冷たいお茶を盆に載せ戻ってきた。

「はい、どうぞ。ふうふうして食べてね」

卵雑炊は家族が風邪を引いた際の、礼子の療養食の定番だ。口にするのは何年ぶりだろうかと懐かしくなる。

亜芽里は体を起こし雑炊を啜った。慣れ親しんだ味が胃に染み込んでいく。

「お母さんの雑炊がやっぱり一番美味しい……」

「あら、そう？　しっかり食べて体力取り戻さなくちゃね。それより亜芽里、病院に行った方がよくない？」

「でも、明日仕事なの。今一人パートが辞めたばかりで、シフト調整が大変だし……」

「雅樹君は体調が悪い時まで働かそうとする子じゃないでしょ。私が連絡するからほら、電話貸して」

礼子は枕元に置いてあったスマホを取り上げ、さっさと雅樹に連絡を入れてしまった。

「もう、お母さんたら」

「母親の役割は子どもを心配することよ。さ、食べ終わったならもう寝なさい」

礼子は亜芽里を寝かせると、「大和君はどうしたのよ」と唸った。

「いくら仕事が忙しいからって、こんな状態の亜芽里を一人にして。しっかりした子だと思っていたのに」

「あっ、違うの。ちゃんと家には帰ってくるの。大和君は本当によくしてくれるから」

「……」

礼子は溜め息を吐き亜芽里の額に手を置いた。

「亜芽里は小さい頃からそうね」

何がそうなのかと首を傾げていると、「気遣いすぎるところよ」と苦笑する。

「大和君の前ではなんでもない風に振る舞っているんじゃない？　いつもいい子で機嫌が悪くなったところなんて見たことがない。我が儘がなさすぎて心配だったから……あのね、私たちはもう諦めたけど、大和君にくらい思い切り甘えなさい」

ゆっくりと髪を撫でてくれる。礼子の心の声は聞こえなかったが、昔から変わらない優しい母親の手だった。

「……ねえ、お母さん」

「なぁに？」

「お母さんとお父さんはお見合い結婚だったんでしょう？」

「ええ。同業者の息子と娘で、とんとん拍子にまとまったわ」

好きだの嫌いだの以前に、双方の両親本人ともに、同業者の仕事のできる伴侶をほしがっていたのだと笑う。

「お父さんの気持ちがわからなくて、不安になったこととかあった？」

「そうねえ」

礼子は目を細めて亜芽里を見下ろした。

「私、なんでも聞いてしまうから。だって、お互い違う人間だもの。どれだけ長い間過ごしても、相手を完全に知るだなんて無理よ。自分のことだってよくわからないのに」

確かに、礼子にはずけずけしたところがある上に、心配事や疑問があればすぐ直樹に相談していた。

「お母さんって勇気があるね……」

亜芽里は大和に問い質す勇気などなかった。

「あら、勇気なんてないわよ。白黒はっきりさせないと嫌なだけで」

礼子は苦笑し亜芽里の目を覗き込んだ。

「気持ちがわからなくて不安になるのは、その人を失いたくない、本当のことを聞いて傷付きたくないって思うからよね」

「……うん」

「それってきっと大和君もそうよ。あなたに聞きたいこと、言いたいことがたくさんあると思うけど、怖くて口に出せないのかもよ」

「えっ……」

「あの子は本を書くくらいだから、感情や言葉に人一倍繊細だと思う。多分、亜芽里よりもずっと。……ううん、きっと逆なのかもしれないわね。敏感で傷付きやすいから文章にして、それで気持ちを整理していたのかもしれない」

礼子の認識は亜芽里には衝撃的だった。

「何があったのか知らないけど、ちゃんと大和君と話し合ってみなさい。案外大したことないかもよ」

「……そうかな」

「そうよ。人の噂よりもあなたが二十六年見てきた大和君を信じてあげなさい。信じられないなら思い切ってぶつかってみなさい」

髪に埋められた礼子の手は温かく、心の声など聞こえなくても思いやりが感じ取れた。

目の奥から涙が滲む。

「うん、わかった。そうしてみる……」

——お母さんの言う通りだ。……傷付きたくないからって向き合わなければ、前にも後ろにも進めない。

そして、どんな真実があったところで、やっぱり自分は大和が好きなのだと実感した。

「うん、なんとかなりそうね」

礼子は笑顔で盆を手に立ち上がった。

「ねえ、亜芽里、さっき気分が悪いって言っていたでしょう？　どんな症状があるの？」

「吐き気がして、食欲がなくて……」

無理矢理食べても消化された気がしなかった。

礼子が「あら」と目を丸くして立ち止まる。

「亜芽里、それって……」

同時に、スマホの着信音が鳴り響いた。画面を見ると大和からだったので、なんてタイミングだと慌てる。

『あっ、もしもし、亜芽里？』

「大和君……」

昨日も声を聞いたはずなのに、じわりと涙が滲んだ。

「大和君、仕事、忙しい？」

『もうすぐ一段落付くから、明日には帰るよ』

「……明日じゃ駄目なの」

亜芽里は生まれて初めての我が儘を、電話の向こうの大和に訴えた。

「帰ってきて、ほしいの。大和君に抱き締めてもらいたい。キスしたいよ」

亜芽里の様子がおかしいのを感じ取ったのだろう。大和は「何かあったのか？」と尋ね、黙り込んでやがて「……わかった」と唸った。

『……今すぐ帰る！』

「えっ」

『二十分だ。二十分だけ待っていろ』

亜芽里がスマホを手に呆然とするのを見て、礼子は「じゃあ、私そろそろ行くわね」と笑った。

「お邪魔みたいだから」

礼子が帰ってから十九分後、大股で廊下を踏み締める足音が聞こえたかと思うと、寝室のドアが勢いに任せて開けられた。

「亜芽里、何があったんだ⁉」

大和が慌てふためく様子を目にしたのは初めてだった。腰を屈めて亜芽里の目を覗き込む。

「具合が悪いのか？　だったらすぐに病院へ……って、顔色すごく悪いじゃないか」

「――大和君」

手を伸ばし大和の首っ玉に齧り付く。

「会いたかったよお……」

「亜芽里……」

「ねえ、どうしよう。私、聞こえなくなったの」

「えっ、聞こえないって何が」

「大和君の心の声。大和君だけじゃない。誰の声も聞こえない」

大和は絶句し、「なぜだ？」と唸った。

「わからない。本当にいきなり聞こえなくなって……」

大和は亜芽里の背を撫でながら、「体調が悪いからか？」と首を傾げた。

「ううん、関係ないと思う。今までこんなことなかったもの」

生理の際など、より敏感になったものだ。

しかし、今大和に訴えたいことは力を失ったことではなかった。

「ねえ、大和君、羽田さんと浮気してるの？」

「はっ!?　いや、するわけないだろう。どうしてそんなこと聞くんだ」

いつにない激しさに驚いたのだろうか。大和は目を見開いていたが、やがてそっと亜芽里の背に手を回した。

「俺が亜芽里以外の女を好きになるはずないだろ」

「でも……」

大和は亜芽里の後頭部に手を回すと、ぐっと引き寄せ噛み付くようなキスをした。

「んっ……」

キスの勢いのままに亜芽里をベッドに押し倒す。その拍子に眼鏡が外れてベッドの下に落ちた。

「や、大和君……」

チョコレート色の瞳が獣にも似た欲望でギラギラ光っている。だが、すぐに押さえ付けた亜芽里の顔色が悪いのに気付いたのだろう。「悪い！」と我に返って身を起こした。

「体調悪いのに……。もう、俺ってほんと駄目だな」

「う、ううん。いいの……」

亜芽里は乱れたパジャマを直しながら、大和が自分に欲情したことに喜びを覚えていた。

――大和君、まだ私がほしいって思ってくれているんだ。

それに、大和の態度からは浮気をしている気配は感じられなかった。

――そうよ。私は二十六年間大和君と一緒にいたんじゃない。大和君だけじゃなくて、自分も信じないと。

これ以上はちゃんと聞かないとわからないと、顔を上げて気まずそうな大和を真っ直ぐに見つめる。

「大和君、隠し事はない？」

「えっ」

「あのね、私もずっと隠し事をしていたの。平野先生がクレイの顧客になってくれて、仕事でだけど時々会っていたんだ。なんとなく言い辛くて……ごめんなさい」

「そういえば平野さんってホテルのオーナーの息子だろ？　別に隠すことでもないだろう。そりゃあ、平野さんが亜芽里に惚れでもしたら困るけどさ」

「……」

大和は自分を信頼している。そう感じて胸が熱くなった。

「……ありがとう」

なのに、なぜ自分は些細なことで大和を疑ったのかと恥ずかしくなる。

とはいえ、聞かずにはいられなかった。

「大和君はどうして最近、家の中でも肌身離さずスマホを持ち歩いていたの？」

「……それは」

大和は天井を仰いで「……悪い」と唸った。

「まだ内緒にしておきたかったんだけどな」

「……？　内緒って？」

「だから、新作の小説のこと……」

「……？　……？」

どうも話がちぐはぐだ。

「私が聞きたいのはこの写真の件なの。大和君、羽田さんと何をしていたの？」

先ほどスマホに送られてきたメールの写真を見せる。

「ん、なんだそれ……って!?」

大和は目を見開いて画面を凝視した。

「ああ、あの時のか」

大和は溜め息を吐いてベッドの縁に腰かけた。

「あの時、羽田さん、酔っ払っていてさ」

最近、映画関係者同士での会食があったそうだ。その際ストレスが溜まっていたのか、カノンはいささか酔っ払い、キス魔と化して大和だけにではない、同席の男性皆にキスして回っていたのだという。

「俺もびっくりしたんだけど、その時いた誰かが悪ノリで撮ったんじゃないかな」

「なんだ、そうだったんだ」

亜芽里はほっと安堵の息を吐き出した。「びっくりしたよ」と微笑む。

「羽田さんって酔うとキス魔になるんだ。そっちの方がスクープになりそうだね」

「そうだったんだ……」

いくら酔っていたとはいえ、気のない男性にこんな真似はしないだろう。カノンは大和に気があるのではないかと思われた。だが、大和自身は裏切っていないのだと確信する。

そう信じようと決めた。

きっと夫婦とはそうして信頼を積み重ねていくことなのだと思った。

「ねえ、大和君、さっき新作って言っていたよね。あっちはなんの話だったの？」

「ああ、あれは――」

大和が口を開いた次の瞬間、不意に下腹部が強烈に痛んだ。

「……っ」

「おい、亜芽里⁉　どうしたんだ⁉」

「お、お腹が痛い……」

腹を押さえてベッドに突っ伏す。

内臓を捻じり上げられるような、経験したことのない痛みだった。

「きゅっ……救急車！」

大和が亜芽里のスマホを取り上げる。

それから約十分後、亜芽里は生まれて初めて救急車に乗り病院に運び込まれる羽目になった。


***

——昨今、新作の打ち合わせも編集者と小説家が直接顔を合わせることはあまりない。スマホやパソコンでのやりとりで十分だ。

だが、大和は今回ばかりは人気ミステリー、「民俗学者草薙剣シリーズ」を出している出版社へ出向き、ある要望をこれだけは譲れないと伝えた。

そして一週間後、自宅で原稿の最終チェックをしているところに、カノンのマネージャーから連絡があった。

『このたびは大変申し訳ございませんでした！』

電話越しだが土下座せんばかりの勢いだった。

当初は直に会ってお詫びしたいと申し出られたのだが、すべて突っぱねた結果がこれだ。

「謝罪は必要ありませんよ」

大和は冷静な声でそう告げた。

「今後は羽田さんに関わることもないでしょうから」

激高することもなく言葉少ななだけに、大和の怒りの大きさを感じ取ったのだろう。マネージャーはもう一度「……申し訳ございません」と謝った。

『ただ、羽田は下積みが長く、やっと先生の作品で人気が出たところで……』

「それはそちらの事情でしょう？」

バッサリと切り捨てる。

「何度も注意したはずですが、羽田さんはセクハラを一向に止めようとしない。挙げ句に今回のキスです。この写真が報道されていれば、疑われるのは羽田さんではなくこちらです。原作者と脚本家の立場を利用して、出演女優にそうさせたと捉えられるでしょう。イメージダウンどころの話じゃない」

カノンの執拗なアプローチはちょっと容姿がよかったり、人気商売に携わったりする女にはありがちなケースだ。自分の美貌に靡《なび》かない男はいないと世の中を舐め切っている。

だから、来年予定されている、「草薙剣シリーズ」の続編ドラマでは、主人公の助手役――つまり、カノンの担当を変更しないかと監督に提案したのだ。監督もカノンの演技力に疑問を抱いていたようで、芸能事務所に連絡を入れた。規模がそれほど大きな事務所でもないので、なんとか降板を食い止められないかと必死なのだろう。

「これ以上の連絡はもう止めてください。僕もそうヒマではないので」

『あっ、待って――』

電話を切り着信拒否の設定をする。とはいえ、また別の番号からかけてくるだろう。

溜め息を吐きつつパソコンの画面を消し、暗い画面に映った自分の顔を見つめる。一見、まったくの無表情だったが、これが自分の激怒の表情なのだと大和は知っていた。

カノンに気に入られたことは、ドラマのワンクール目での打ち合わせの段階から、態度でなんとなくわかっていた。だが、大和にその気はまったくなかった。カノンのような種類の女が一番嫌いだったからだ。

何度かベッドに誘われたこともあったが、スキャンダルなどまっぴら御免である。警戒していたのに記者に写真を撮られ、記事にされた時にはさすがに腹が立った。

それでも、出版社や芸能事務所に頭を下げられ、なんとか大人の対応で我慢したのだ。

なのに、カノンは誘惑を止めようとしなかった。なぜこうも自分にこだわるのかと首を傾げた。挙げ句が今回の騒動である。

おそらく、関係者の誰かと組んでいたのだろう。会食中に突然抱きつかれたかと思うとキスされ、その際写真を撮られていたらしかった。まさか、それを亜芽里に送りつけるとは。

(俺にこだわるだけじゃない。一体、亜芽里になんの恨みがあるんだ。あの二人に接点なんてほとんどないはずだろ?)

ミステリー小説を書いていてもさっぱり推理できなかった。

仕事をする気が失せてしまったので、スマホで今日のニュースをチェックする。普段興味があるのは政治、経済、国内の事件くらいだ。なのに、その日はなぜかエンターテイメントのサイトも覗いた。そして、ある俳優のインタビュー記事に首を傾げたのだ。

昔一度だけ共演した女優が整形で一気に美女と化していて、あまりの変わりように笑ってしまったと書いてある。更に、「当時は端役だったんですけど、最近いい役もらえているみたいで、やっぱり女は顔って大事だなって思ったんですよ(笑)」と続いていた。

面白がっているような書き方に眉を顰める。中学校まで少女のような容姿で、からかわれていた頃のことを思い出した。

(変わりたいって思って何が悪い? その手段が整形だったら笑えるのか?)

少々腹を立てつつ読者のコメント欄に目を通す。

『これって羽田カノンのことだよね？』

（えっ……羽田さん？）

カノンの清楚な美貌を思い出す。整形だとはまったく気付かなかった。

『最近、昔の同級生に卒アル晒されていたよ』

『えーっ、元はどんな顔なの？』

リンクが張られていたのでクリックする。そのサイトに貼られていた、カノンの中学校時代の写真に大和は目を見開いた。


カノンから謝罪を受けたのは、亜芽里の体調が安定し、退院する前日のことだった。

「申し訳、ございません……」

カノンとマネージャーは揃って頭を下げた。人目に付かないよう、銀座《ぎんざ》の高級寿司店の個室での対面である。カノンは以前の積極的な態度はどこへやら、青菜に塩をかけたように元気がなかった。

（……整形前の写真を暴露されたからかな）

芸能人の整形など大して珍しくないと思うし、今後に差し支えがあるとは思えない。しかし、カノンとしてはショックが大きかったようだ。

いずれにせよ、大和にこれ以上カノンを咎める気はなかった。切迫流産の危機を乗り越えた上、例のインタビュー記事とカノンの卒業アルバムの写真を見た亜芽里が、これ以上カノンを責めるのは止めてと大和に頼んできたからだ。

『私、なぜ羽田さんがあんなことをしたのかわかる気がする。……どうして私のことをずるいと思っていたのかも』

推理好きの自分さえわからなかったのに、亜芽里にはカノンが大和にこだわった理由、亜芽里に当てつけようとした理由がわかるのだという。説明してくれと頼むと亜芽里は困ったように笑ってこう答えた。

『やっぱり私が女だから理解できるのかな？　羽田さんに直接会って聞いた方がいいよ』

その後カノン本人とマネージャー、芸能事務所、監督との話し合いにより、ひとまず次回作もカノンを使うことに決めた。

高級寿司店での今回の会食はその礼でもあるのだろう。

それにしても、先ほどからカノン本人は俯いたままで、ひたすらマネージャーが米つきバッタと化して、一木造りのテーブルに頭を擦り付けている。

大和はマネージャーに「謝罪はもう結構です」と声をかけた。

「いい加減にしろという意味ではありません。これ以上、羽田さんを咎めることはありませんから」

だから、三十分ほど二人きりにしてほしい――そう頼むとマネージャーは目を白黒させつつも、「はっ、はい。もちろんです」と頷いた。

「では私、外で待機しておりますので」

大和はあらためてカノンと向き合った。

「羽田さん、顔を上げてください」

憔悴しきった美貌が露わになる。そこにドラマで見たような華やかさはなかった。これが本来の彼女の姿なのだろう。

「今回、聞きたいことがありまして、こうした場をセッティングしてもらいました」

「聞きたいこと……？」

「羽田さんは僕が好きだというわけではないでしょう？　なぜあんな真似をしたんです？　それに、なぜ妻にあの写真を送りつけたのか」

「それは……」

カノンは口籠もっていたが、やがて「私の方が聞きたいです」と唸った。

「奥さんのどこがいいんですか？」

自暴自棄になっているとしか思えない質問だった。

「奥さんは美人じゃないし、頭がいいわけでも、特別な才能があるわけでもない。なのにどうして――」

大和のようなハイスペックの男性に愛され、妻にまでなっているのか――納得できない。ずるいとカノンは言葉を続けた。

「私は、頑張って、頑張って、頑張って、やっとここまで来たのに」

大和はカノンの中学校時代の卒業アルバムの写真を思い出した。

今から八年前の彼女は現在の美貌と似ても似つかぬ、丸顔で垢抜けない少女だった。なんとなく顔立ちが亜芽里に似ていた。だが、表情がまったく違う。亜芽里はいつも笑っていて、ふんわりとした雰囲気だが、カノンは暗くどんよりした目をしていた。

おそらく、明るい青春時代ではなかったのだろう。発言からして容姿をからかわれていたのではないかと思われた。

(参ったな)

亜芽里に「直に聞きに行ってみろ」と勧められた理由がわかった。

(昔の俺じゃないか)

さすがに苦笑するしかなかった。

「僕の妻は世界一可愛いですよ」

カノンは大和の答えに目を瞬かせた。

「人がどう思うかなんて関係ない。僕がそう思うからいいんです。むしろ、ライバルが減って好都合ですよ」

大和はテーブルの上に手を組んでカノンを見つめた。

「ハイスペックということは、羽田さんはチビで眼鏡で暗くて、金もなくて冴えない僕だったら、見向きもしなかったってことですよね」

「……」

カノンは言葉にはしなかったが、目が当然だろうと言っている。大和は幾分優しい口調で説明を続けた。

「妻はそんな昔の僕でも今の僕でも、態度がまったく変わらなかったんです」

「えっ……」

大和の過去も亜芽里の変わらぬ態度も信じられないのだろう。カノンは初めて見るぽかんとした表情になっていた。

大和は昔の自分に語りかけるようにカノンに語る。

「真っ直ぐに僕自身を見てくれた。だから、スペックでの誤魔化しが利かないんですよ。それはそれできついでしょう。でも、とにかく頑張ってやっと好きになってもらえた」

亜芽里のふんわりとした微笑みを思い出す。

「彼女に愛してもらえると、ありのままでこの世に存在していいのだと思えるんです。……それが彼女と一緒にいたい一番の理由かな」

室内に沈黙が落ちＢＧＭの和楽がよく聞こえる。カノンはしばらく黙り込んでいたが、やがて「……いいな」とぽつりと呟いた。

「奥さんじゃなくて源先生が羨ましい。私にも奥さんみたいな人が一人でもそばにいてくれれば、整形なんてしなかったし、もっと素直に生きられたのに」

＊＊＊

――救急車でまず真っ先に確認されたことは、「妊娠していませんか？」だった。

「申し訳ございません。女性の患者の方には一応確認しておりまして……」

「えっ、妊娠？」

最後に生理があった日から今日までの日数を計算する。すでに一ヶ月半が過ぎていた。とはいえ、もともと生理不順だったので、病院で確認することにした。結果、やはり妊娠七週だと診断され呆然とした。

「すぐに病院に来ていただいてよかったですよ。そのまま無理をされると大変なことになっていたかもしれません。ひとまず止血剤を投与したので、あとは自宅で絶対安静ですよ」

診察をしてくれた産科の医師は、エコーで子宮の画像を見せてくれた。白黒の画像の中にぽっかり黒い穴が開いており、これが胎児を包み込んでいる胎嚢なのだという。

「この小さな豆粒のような影が赤ちゃんです。もう十ミリくらいの大きさですね」

もう心拍は確認できているので、母子手帳を取りに行ってくださいと勧められた。

「赤ちゃん……」

もともと子どもは早めにほしかったので、避妊はしていなかったのだから、当然と言えば当然なのだが実感がわかない。

一方、夫としてエコーに立ち会った大和は、亜芽里よりも感動に目を瞬かせていた。

「こんな小さな豆粒が人間になるんですか」

「はい、そうです。ただ、現在少々危険な状態ですから、激しい運動、家事、仕事はもってのほかです。食事と病院に来る以外は、ベッドでじっとしていてください。ストレスも極力排除してくださいね。現在、精神が不安定になっているでしょうから」

「そういえば……」

亜芽里は額を押さえて思い出す。

確かに猜疑心が強く、涙もろくなっていた。まさか、妊娠によりホルモンバランスが崩れたせいだったとは。

「もちろんです！　俺がやります」

大和は唇を引き結んで頷いた。

「や、大和君、お仕事大変なんでしょう？」

「仕事なんて行ってられるか。第一、心配で手に付かないよ」

医師が病室を出ていくのを見送り、ベッド近くに椅子を引き寄せ腰を下ろす。亜芽里を映したチョコレート色の瞳には影が落ちており、今までになく落ち込んでいるのがわかった。

「……ごめん。俺がくだらない計画立てていたばっかりに」

「くだらない計画？」

「うん。もうバラすよ。亜芽里にサプライズなんて、そもそも無理だったんだよな。一年目の結婚記念日に新作を出版するんだ」

「わっ、なんのシリーズ？」

「いや、どのシリーズでもないんだよ。……初めて恋愛小説を書いたんだ。男女の恋愛もの。といっても、やっぱりミステリー仕立てだけど」

「ええっ」

大和の小説に恋愛要素はあったものの、恋愛をテーマにした作品は初めてだった。

大和は亜芽里の手を取って包み込んだ。

「正直、恋愛ものって今まで食指が動かなかったんだけど、人間関係の中で一番シンプルで、なのに一番面倒で、書き甲斐があるなって思って」

男と女は性別も違えば性格も思考も違う。そんな二人が手探りで歩み寄り、時には誤解し合って反発し、家族を作っていく。

「それってすごく尊いことなんじゃないかって、亜芽里と結婚して思うようになった」

「大和君……」

胸に喜びが込み上げる。大和の「家族を作る」という単語に、ようやく妊娠した実感も出てきた。

大和の手をそっと握り返す。

「あのね、私も大和君と結婚して、一つわかったことがあるの。私、人の心を読めるって変な力を持って生まれたはずなのに、でも、大和君のことは結婚してからますますわからなくなった」

どれだけ長くそばにいてその人をよく知っていると思っても、心の声が聞こえても、決してすべてではない。人間はもっと奥深い存在なのだと知った。

「まだそんなに経っていないのに、大和君の色んなところを知って、今まで知らなかった気持ちも知って……」

二十六年間、人柄を見て男性に恋をしてきたつもりだったが、「いい人」であれば傷付くこともない。だから、無意識のうちにそうした男性に目が行っていたのではないかという気がした。結局、スペックで相手を選ぶのと大して変わらない。

「でも、それって違うよね。片思いではあっても恋じゃない。ちゃんと関わらないとわからないことがたくさんあるもの。だから……私を好きになってくれて、結婚してくれてありがとう。私も、大和君が大好きよ」

大和は亜芽里の手を引き寄せそっとその甲に口付けた。

「……俺も」

唇から伝わる温もりが、心の声よりも何よりも、大和の愛情を伝えていた。

＊＊＊

自宅で安静にして数ヶ月後には起き上がっても支障がなくなり、週に一度ではあるが亜芽里はパートに復帰することになった。

「亜芽里ちゃん、本当に大丈夫？　叔父さん、叔母さんには初孫だろ？　無理しなくてもいいんだよ」

「それが今度は体を動かしてくださいって言われて。お産が重くなっても困るから」

「そっか。そんなものなのか。う～ん、俺も子どもほしくなってきたな。今の彼女がオッケーしてくれたら結婚しようかな」

「えっ、雅樹さん彼女いたんですか？」

「うん。というか、最近できた。ホテルタカヤマのフロントの子」

「ええっ」

亜芽里の代理で生け込みに行っていた時に知り合ったのだという。

「松田《まつだ》さんって名前。次にタカヤマに行ったらよろしく言っておいて」

以前担当していた生け込みも再び亜芽里が出向くようになっている。知臣のいるホテルタカヤマもその一つだった。

翌週、数ヶ月ぶりに顔を出したからだろうか。

知臣は連絡を受けるとすぐに亜芽里を迎えに現れた。

「体調はいかがですか」

笑顔を浮かべながら頭を下げる。

「はい、おかげさまでなんとか回復しました。ご迷惑をおかけしました。本日から復帰いたしますので」

妊娠については身内以外には明かしていない。腹が目立つようになるまでは隠しておくつもりだった。

知臣は「どうか無理をしないでください」と告げた。

「復帰はいつでも結構ですので、ゆっくり休んでいただければ」

その表情から亜芽里の身を心から案じているのがわかる。不思議なことに人の心を読めなくなった方が、知臣の気持ちがよく理解できる気がしていた。

——きっとこの人はずっと寂しかったんだわ。

今ならそう思う。

信じられる人が周りにいなかったことで、心を閉ざして生きていたのではないか。

亜芽里はこれから花を生け込む大壺に目を向けた。

「高山さん、私、前体調を崩してから、もう人の心の声が聞こえないんです」

「なっ……」

知臣は亜芽里を凝視し「馬鹿な」と唸った。

「そんなことが……」

「手なら触ってもいいですよ。それで本当だとわかると思います」

あるはずがないとは言い切れないのだろう。

「初めは不思議な気持ちでした。不便だなあと思うこともありましたよ。前はそれで不審者を見分けられましたから」

だが、もうすっかり聞こえないことに慣れてしまっている。

人間とはしたたかな生き物だ。あればあったで、なければないであっという間にその状態に適応してしまう。

「一体なぜ……」

「さあ、わかりません」

きっと妊娠で自分の中の何かが変化したのだろう。力があった理由も、失った理由も、神のみぞ知るとしか言えなかった。

知臣が遠慮がちに口を開く。

「不安では……ありませんか？」

面白いことを言うと思う。人の心の声が聞こえると傷付くのに、聞こえなくなると不安になるのだから。

「いいえ、ありません」

亜芽里はきっぱり否定し、微笑んで隣の知臣を見上げた。

「だって、大和君がそばにいてくれますから」

亜芽里を凝視していたが、やがて「……まさか」と目を瞬かせた。

「源は亜芽里さんに心を読まれていると知っていたんですか？」

亜芽里がこくりと頷くのを確認し、「参ったなあ」と前髪を掻き上げる。

「そういうことだったのか……。あいつを見くびっていました。亜芽里さんを理解できるのは俺だけだと思っていた」

亜芽里は自分の手のひらをじっと見つめた。

「大和君は知っていていても言葉で伝えようとしてくれたんです

だから、自分も言葉で伝えるようになった。

「その大切さがやっとわかったのも、力がなくなった理由の一つだという気がします。もう必要ないんです」

知臣は何も言わずに亜芽里を見下ろしていたが、やがて「羨ましいな……」とぽつりと呟く。

「源ではなく、源のようなパートナーを得た亜芽里さんが羨ましい。俺は……初めあなたがほしかった」

ずっと自分の孤独を理解し、埋め合える誰かにそばにいてほしかった。だから、生まれて初めて会った同類の亜芽里を、大和から引き離して自分のものにしたかったと語る。

知臣の黒い瞳が亜芽里を捉える。

「もし、源より前に出会っていたら、俺を受け入れてくれましたか?」

亜芽里は首を横に振った。

「う～ん、それは難しいですね。私たち、赤ちゃんの頃から一緒でしたから。生まれた産院まで同じなんですよ」

知臣は亜芽里の返答にぽかんと口を開けていたが、やがてぷっと噴き出し「そうですか」と天井を仰いだ。

「……最初っから負けていたってわけですね」

知臣は深く長い溜め息を吐いた。

「俺にも……いつか聞こえなくなる日が来るのかな」

独り言に近い口調だった。実際、答えを求めたわけではないのだろう。

それでも、亜芽里は「そうですね」と頷いた。

「誰かを信じられるようになれば、いつかきっと」

心の声が聞こえる、聞こえないにかかわらず、人間関係は長く付き合わなければわからないことが多くある。そして、人の心にも目の前にある花のように美しいところがある。

いつか知臣もその美しさを知れればいいと思った。

エピローグ

臨月ともなると腹が大きく重たくなるだけではない。なんと七キロも体重が増加してしまったので、体がずっしりとしていて動きづらかった。

自分史上最大に太ってしまった。このところの亜芽里の最大の悩みだった。大和が可愛いマタニティドレスを買ってくれるので、まだなんとか救われてはいる。

妊娠が判明したばかりの頃の、自分の写真を見てひたすら嘆く。

「やっぱり太った。すごく太った。ただでさえ丸い顔がもっと丸く……」

不意に漂ってきた甘く優しい香りに顔を上げる。大和がカップを二つ、ソファの前のテーブルに置いた。

ちなみに、どちらもハチミツ入りのホットミルクだ。大和はコーヒーが大好物なのだが、亜芽里が妊娠している間は控えると言うと、「じゃあ、俺も止めておく」とコーヒー断ちをしている。

「そんなに太って見えないけどな？　ほとんどは赤ちゃんと胎盤の重さだと思う」

「うう、そうだといいんだけど……」

大和は亜芽里の隣に腰かけ肩にそっと手を回した。

「それに、どんな亜芽里でも可愛いって」

頬にちゅっと音を立ててキスをしてくれる。

だが、いつものようにすぐに気を取り直せない。

「だって……」

「だって、なんだ？」

寝室の枕元に置いてある、読みかけの単行本を思い出す。

大和が結婚記念日に上梓したその作品はベストセラーとなり、順調に版を重ねている。

亜芽里は大和にプレゼントされ、初めて目を通してぎょっとした。

ヒロインのモデルがどう考えても自分だったからだ。のほほんのんびりしたところがそっくりだった。

照れ臭かったのはモデルにされたからではない。描かれたヒロインが美化されすぎ、大和は一体自分をどう見ているのかと気になったのだ。もちろん、小説はフィクションなのだとはわかっている。

「だから、俺はどんな亜芽里でもいいって言ったろ?」

耳たぶを軽く囓られ「ひゃっ」と声を上げてしまう。

「それに、俺には小説くらい可愛く見えているんだから仕方がない」

「……」

大和には心を読める力はないはずなのに、近頃考えていることを次々と当てられるので時々ドキリとする。だが、心が通じ合っているようで嬉しかった。

膨らんだ腹をそっと撫でる。

――あなたには心を読める力はあるのかしら?

性別は女の子だとわかっている。

――もしかしたらこの子が私の力を受け継いだのかもしれない。

とはいえ、あってもなくても大して変わらない気がした。

「……早く産まれておいで」

大和も亜芽里の腹に手を添える。

「そうそう、もうベビーベッドも、ベビー服も、おもちゃも全部揃えているんだからな。フリフリキラキラで可愛いものばっかりだ」

両親の愛情に満ち溢れた言葉が嬉しかったのだろうか。腹の子がぐるりと動くのを亜芽里は感じた。

「うっ……」

「亜芽里、どうした⁉」

「や、大和君、お腹痛……う、産まれるかも……」

「な、何っ！　車だ、車！」

二人暮らしが三人暮らしになり、騒がしくなるのはきっともうすぐ——。

あとがき

はじめまして、あるいはこんにちは。東万里央《あずままりお》です。

このたびは『しあわせ幼馴染み婚　策士な小説家のみだらな本音』をお手に取っていただき、まことにありがとうございます！


その昔わたくしが幼稚園児だった頃、「大人になったらなりたい職業」を聞かれて、「お花屋さん」と答えたことがありました。あの頃は心がピュアッピュアだった……。

その他の候補はアイスクリーム屋さんとかパン屋さんだったような。なりたい職業というよりは売っているものが好きなんじゃないかという感じですね。

そんなわけで（?）、今回は生花店で働くヒロインを書いてみようと思いました。花束が似合いそうなふんわり可愛い雰囲気がいいなと。

ところが調べてみて知ったのですが、生花店の従業員は結構な重労働。小型の店舗ですと仕入れから販売、経理も事務も数人で回していて、数多くのスキルが必要な職業でした。

現在では生花店の前を通りかかるたびに、お疲れ様ですと九十度の角度で最敬礼をしたくなります。

生花店の仕事の他にも情報をゲットして楽しかったのは花の種類でした。これまで薔薇、ユリ、カーネーションと大まかな分類くらいしか知らなかったのですが、どの花にも非常に多くの品種があり、現在もどんどん新種が開発されているのだとか。

ちなみに、今回作中に登場した紫の薔薇、ミステリューズはフランスのドリュ社という企業が二〇〇七年に作出した結構新しい薔薇です。

図書館で薔薇の図鑑のページを捲っていて一目惚れ。『ガラスの仮面』の真澄《ますみ》様がマヤに贈ったのもこんな薔薇だったのかもしれないとちょっと興奮したのは内緒です。


最後に担当編集者様。いつもアドバイスをありがとうございます。今回苦戦していたのですが、おかげさまで仕上げることができました！

表紙と挿絵を描いてくださった氷堂《ひどう》れん先生。素敵な眼鏡男子と可愛いゆるふわ女子を描いていただき大感謝です！

また、デザイナー様、校正様他、この作品を出版するにあたり、お世話になったすべての皆様に御礼申し上げます。

何かと不穏な世の中ですが、夜明け前が一番暗いと信じて……。それでは、またいつかどこかでお会いできますように！

東　万里央

ありがとうございました!!!
氷堂れん

しあわせ幼《おさな》馴《な》染《じ》み婚《こん》

オパール文庫をお買い上げいただき、ありがとうございます。
この作品を読んでのご意見・ご感想をお待ちしております。

ファンレターの宛先
〒102-0072　東京都千代田区飯田橋3-3-1
プランタン出版　オパール文庫編集部気付
東 万里央先生係／氷堂れん先生係

オパール文庫＆ティアラ文庫Webサイト『L'ecrin《レクラン》』
https://www.l-ecrin.jp/

著　者――**東 万里央**（あずま まりお）
挿　絵――**氷堂れん**（ひどう れん）
発　行――**プランタン出版**
発　売――**フランス書院**
〒102-0072　東京都千代田区飯田橋3-3-1
電話（営業）03-5226-5744
　　（編集）03-5226-5742
印　刷――誠宏印刷
製　本――若林製本工場

ISBN978-4-8296-8482-5 C0193

オパール文庫

Op8449

好評発売中!